時代小説

大江戸艶《えん》魔《ま》帖

八剣浩太郎

目次

春恨《しゅんこん》黙《もだ》しがたく

1

荒川《あらかわ》まで遠くはない、森と林と田畑が入り混じってひろがる江東《こうとう》の草深い柳島《やなぎしま》村。時々、思いだしたようにうす陽《び》がさしたりして、陰晴《いんせい》定かならぬ夕方近い頃、

「大変だ、大変だ、おーい、大変だ、大変だぁ……」

大声をあげながら、新緑香る雑木林の小径《こみち》をぬけて、農道から北側へ二百メートルほど入ったところにある一軒家・雨月庵《うげつあん》へ、息せき切って駈《か》けつけてきたのは——弥次喜多《やじきた》の作者・十返舎一九《じっぺんしゃいっく》。

「ン？　あの濁声《だみごえ》は……、十返舎の大先生だが、はて、何ごとが……？」

机にむかっていたあるじの勝叉又四郎《かつまたまたしろう》（黄表紙《きびょうし》作者・雨月蓬野《ほうや》）は、筆をおいて、反射的に立ちあがった。

ふと思いあたることがあって、眉をひそめたままニヤリ……となった。

「ははぁん、借金取りにおそわれて、トンズラ……いや、おれのふところ当てに、緊急工《く》面《めん》の駈けこみか……、ま、そんなとこだろう……、仕方ないわい、うん、よし、わかった……」

又四郎、たちどころに結論をだしてのひとりごとである。

五年前の寛政《かんせい》十二年（一八〇〇）から、一九は三度目の女房千代《ちよ》と亀戸天神町《かめいどてんじん》に借家住いしていて、ほど近い雨月庵の又四郎とは親交のあいだ柄。

その一九は四つ若い雨月蓬野の又四郎に、弥次サンを地《じ》で行くようなトラブルを持ちこんだことが、一度だけ、一昨年の大晦日《おおみそか》にあった。

——文は人なり（文体は人格である）

と諺《ことわざ》にいう。

当世のベストセラー・弥次喜多『東海道中膝栗毛《とうかいどうちゅうひざくりげ》』の主人公で、駿河《するが》の金持商人だった弥次サンこと栃面屋弥次郎兵衛《とちめんややじろべえ》は、旅役者一座のゲイボーイ鼻之助《はなのすけ》（のちの喜多八《きたはち》）の尻に入れあげて、スッテンテンになったあげく、借金だらけ、とうとう、尻の尻ぬぐいは尻に帆《ほ》かけてトンズラするにかぎるわいと、『借金は富士の山ほどあるゆえに、そこで夜逃げを駿河《するが》ものかな』

とふとどき千万な狂歌を吐きちらし、鼻之助と手に手をとって江戸へ出てしまう——というのが『膝栗毛』のプロローグだが、もちろん、弥次サンは一九創作の架空人物だから、借金に追われて夜逃げする歌の作者も十返舎一九先生にほかならない。

ところが、大晦日の晩、大変だ大変だといいながら駈けつけた一九先生、

――雨月さん、今生《こんじょう》の別れになりそうでげすて。

――や!? 藪《やぶ》から棒に、いったい……。

――女房ともども夜逃げを駿河ものかなでござる。

――フーン、夜逃げはわかるが、事情がわかりませんな……。

――いや、面目《めんもく》ねぇが、借金の穴を女房の穴で埋めるか、夜逃げするか……。

――なるほど、察《さつ》しはつきました。私にも千代さんのようなカミさんがいたとすりゃ、やはり、夜逃げのほうを選んだと思う。して、その借金というのは?

――一分《ぶ》ほどでげすよ。(一両=四分)

――お貸ししましょう。

――穴(ああ)、大助かり!!

台所でプッ……と噴きだす気配がした。同居人のミネである。又四郎が築地《つきじ》の八丁堀《はっちょうぼり》で生まれる七年前からの勝又家奉公人で、浅草《あさくさ》には息子夫婦と孫がいる。

又四郎も苦笑しながら、

――それにしても、一九先生のお宅は〝膝栗毛〟の収入《みいり》で、おれなんかよりずーっと楽なはずですがね……?

――面目ねえが、浪費のつけですて。だらしねえもんだから、ついつい油断して、有るとき大名、無いとき借金、へへへっ……。

――要するに、シマリがない……？

――左様でげすよ。

――いまさら改めるわけにもいかんでしょう。どうです、このさい、思いきって一切合財《いっさいがっさい》を千代さんに任《まか》せなすっては？

――苦言、有難く拝聴つかまつる。じつを言や、やつがれ（自分）もそのつもりで、そうせにゃいかんと思っとりましてな……。

――そりゃよろしい……。

又四郎は台所へまわると、小声でミネに、

――聞いたとおりだよ。

――はい、はい……。

すべてを任され、婢《はしため》・家政婦・主婦・母親を兼ねて、時にはプラスα《アルファ》のオールラウンド・プレイヤーにもなったりするミネは、二つ返事で奥へ入り、明和《めいわ》五匁銀（十二枚＝一両）を三枚持ってきた。

受け取った又四郎は入口の通りぬけ土間に佇《たたず》んでいる一九に差出しながら、

――これで急場を……。

――六、大助かりでげす。雨月大明神、三拝九拝……、梅が咲く頃までには返済つかまつる、まちがいなくですて。

――いや、ご都合のついたときで結構ですよ。

具体的には何の問答もなしで、一九は戻っていった。

四年前の享和《きようわ》二年（一八〇二）春にスタートした『全十二篇二十五冊』に及ぶ当代ベストセラー『東海道中膝栗毛』は、まだ「三篇二冊」が発刊された段階で、一九は前後二十一年間にわたり、大坂見物をおわった弥次サン喜多サンが江戸にかえり着くまで書きつづけるのであるが、

――若旦那、いつの世の中でもおんなじらしいんだけどね、生活《くらし》のために貸したおカネってものは、くれてやったと思わないといけないんですよ。まして、十返舎の先生なんだから、なおさらのこと……、あのデタラメ放題のお人ですから……。

一九が消えたあと、ミネはシラケた顔で言う。又四郎、うなずいて、

――おれもそう思ってるさ。その分、こっちの生活を切りつめることになるが、一九さんにはカネやモノじゃ替えられん恩恵にあずかってると考えりゃ、一分《ぶ》の寄付も安いものさ。お貸しするとは言ったが、返してもらおうなんて、はじめから思っちゃいないよ。

――それならいいんですけどね……。でも、味をしめて、また……。

言いかけて止めたミネの顔はシラケたままである。その顔いろを読んで、

（通じないな、ミネには……。カネが敵《かたき》といいたいんだろうが……）

又四郎、無言のつぶやきにおわった。

年が明けて一カ月あまり、梅が散る前に、一九は雨月庵へ足を運び、一分を返した。

——弥次喜多の稼ぎのうちでげす。かたじけのうござった。

——そりゃどうも……。

——して、利子はいかほどで？

——不要ですよ、そんなもの……。

——持つべきは、心の友。

——いや……。

——兼好《けんこう》さんもいうとりますな。よき友三つあり。一つには物くるる友、二つにはくすし（医者）、三つには智恵のある友《徒然草《つれづれぐさ》・百十七段》

——いや、なるほど……。

返済は意外でもあり、意外でもなかった。一九の言い分に反語がふくまれているのを嗅《か》ぎとった又四郎は、おなじ《徒然草・三十八段》の一部、

——まことの人は、智《ち》もなく、徳もなく、功もなく、名もなし……略……、賢愚得失《けんぐとくしつ》の

さかい（境地）に居《お》らざればなり。

を思いうかべながら、付け加えて言った。

――手前も、生きているあいだに、カネが敵にならぬ友が一人でも出来ればと願っています。

――左様……、左様でげすな……。

しゃくれた長いあごを突きだすようにしてうなずく一九の下《さが》り目尻が、うるんでいるように見えた。

――そういう友を持つには、まず、おのれが……と思うのですが、どうも中途半端《ちゅうとはんぱ》なもので、なかなか……。

――雨月さん、（自分を）虐《いじ》めなさんな。そこはひとつ、兼好さんにあやかって、万事は皆非《みなひ》なり（すべてが悪だ）で行きましょうや、へへへっ。

笑ったのかおどけたのか、土間につっ立ったままでいた一九は、言いおわらぬうちに入口へむかい、出ていってしまった。

囲炉裏《いろり》ばたで酌《く》み交《か》わすつもりでいた又四郎は、これも目頭《めがしら》が熱くなるのを覚えながら、黙って見送った。

その後、一度、又四郎が十返舎を訪ね、発売直前の『膝栗毛・五篇』一冊目をもらっている。

といういきさつがあって——いま。

また、借金工面の駈けこみにちがいない、と又四郎が推量したのも当然で、前回の一件はケリがついている以上、ゼロ地点からのスタートになる。

が、又四郎は舌打ちした。一九に対してではない。

「ミネがどんな顔をするか、ちえっ……」

味をしめて、また……、と彼女が言いかけたことを思いだした。そのミネは天麩羅《てんぷら》材料の野草を採《と》りに出て、裏の野菜畑をへだてた疎林の藪からまだ戻っていない。

「居りやすか、雨月さんっ、たいへんでげすぞっ……」

呼ばわる一九の小袖《こそで》姿が、瓢簞《ひょうたん》・唐《とう》がらし・朝顔などの苗がのび、黄・橙色《だいだい》の金盞花《きんせんか》が咲きみだれている庭さきにあらわれた時、又四郎は入口の外で待っていた。

「や、ややっ……、いったい、どうなされた⁉」

又四郎、びっくり仰天、形相《ぎょうそう》が変わった。

顔は泥まみれ、左頰をなぐられたとみえて血が垂《た》れ、右袖の肩ぐちが裂《さ》けてぶらさがっている。借金をめぐっての暴力沙汰か？　と又四郎は当て推量したが、一九先生、荒い息づかいで、

「助勢してくれ。どっかの武家の、面《つら》も知らねえ孕《はら》み女の、勾引《かどわかし》だ……、ここへくる途中だ、おれの目の前だ……、図体《ずうたい》のおっそろしくでけぇ、悪相の二本差し野郎だ……、行きあわせたばっかりに、止めに入った、じゃねぇ、助けようとしてこのざまだ……」

完全に予想外《はず》れとなった。

「して、敵は、どっちへ？」

「あっちだ、女を四つ手（辻駕籠《つじかご》）に押しこんで……」

左頬に袖ぐちを当てながら本所～隅田川《すみだがわ》方向をあごでさした。

「心得た」

心配するほどの大怪我《けが》ではないと見た又四郎は、奥へ駈けこんで押取《おっと》り刀、着流し小袖の尻からげでとびだした。

話だけでは、妊婦の誘拐なのかどうか、不明の現場のいきさつをくわしく聞いているゆとりもない。

とにかく、一九に暴行した相手を追跡してみることが、先決。

2

「あれだ……」

一目散《いちもくさん》の又四郎は、まもなく、辻駕籠を見つけ、追いついた。

ゆるやかに蛇行して荒川寄りの亀戸村へのびている水路（灌漑溝《かんがいこう》）沿いの農道をふた曲がりしたところ、柳島村の内である。

水路は秋田佐竹《あきたさたけ》藩下屋敷の森が見える手前で左折して、荒川～隅田川をむすぶ竪川《たて》につながっているが。カゴは急ぐ様子もなく、曲がり角にさしかかっていた。

一九のいうとおり、脚絆《きゃはん》仕立ての裁付け《たっつ》袴《ばかま》をはいた大男が先に立っている。

又四郎の気配にふりむいた。

が、立ちどまらず、警戒する風もない。

（はてな？　かどわかしにしてはヘンだ）

又四郎、不審を覚えながら、

「そのカゴ、待った」

止まった。大男がむきなおった。あごの張りだした寸詰まりの顔形で、ヘノ字型の大きな口と豪胆な印象の底光りする眼球……、なかなかの人相であるが、月代剃《さかやきぞ》りの頭は銀杏《いちょう》くずしになっている。年配は三十歳前後だろう。

すでに、『礫《つぶて》の勝叉』といわれた町奉行所時代にもどっている又四郎には、大男の身なりと銀杏くずしから、ひと目でおよその見当がついた。

「何だ、おめえ、何か用かい……」

威《おど》しのきく破《わ》れ鐘《がね》声である。

「ソノ筋の者だ。カゴの中味を改めさしてもらうぜ」

又四郎。高飛車《たかびしゃ》に出た。

「改めるだとっ……!?」

男の形相が変わり、反射的に前後をうかがって、付近に人影がないのを確かめてから、大刀の鯉口《こいくち》を切った。刀を抜くことは全国的にも稀《ま》れにしかない。ケタ外れにきびしい抜刀のタヴーを男は心得ている、と同時に、又四郎の『ソノ筋』が効《き》いた証拠でもある。

「婦女かどわかしの通報によるものだ、わかったか?」

凶悪化した男の形相は、その途端にゆるんだ。

「なぁんじゃい、事情《わけ》も聞かんでなぐりかかってきやがった、いまし方のオヤジのせいだな……。ソノ筋だかアノ筋だか知らねえが、お門《かど》ちがいもいいとこだ」

「孕み女を力ずくでさらったと聞いたぞ」

「止《よ》してくれ。孕んでるのはその通りだが、少々、鬱気《うつき》が昂《こう》じすぎて、ふらふら迷い出たのを、殿《との》の言いつけで探しにきて、運よく見つかったんで、屋敷へつれもどすところだ。あのオヤジめ、勾引《かどわかし》だなんて、とんでもねえデタラメいいやがる」

「女は主人《あるじ》の妻女か、妾《めかけ》か、ほかの身内《みうち》か、それとも、奉公人か」

「奥さまだ」

「あるじの身分、姓名を知りたい」

「言うわけにはいかん」

「そうか……、見逃したいところだが、お前さんの言い分は虚実半々と見た。奥さま当人の口から聞くより仕方あるまい」

「う、むむ……」

「うんともスンとも声がないのは、猿ぐつわか、気絶か、どれ……」

カゴをおろしてかたずをのむ後棒《あとぼう》の脇をすりぬけた又四郎が、垂れに手をかけようとした瞬間、男は無言のまま、ダーッ……と体当りの猛襲に出た。

が、跳んで躱《かわ》しながらの又四郎に左腰を蹴《け》られて、

「ててっ……」

横倒しにズデーン……。

手強《てごわ》そうな外見ほどではない、というより、子供扱いにした又四郎が強すぎるというべきだろう。

「どうだ、まだ、やるか」

詰めよった又四郎、相手の出方を待った。力の差はいやというほど思い知ったはずである。もし、抜くとすれば、生死を分ける『のっぴきならない理由』がある場合にかぎられる。

男は額の泥を払いながら起きあがった。火を噴かん目玉と化している。

「うわおーっ!!」

問答無用の咆哮《ほうこう》一声、振りかぶった大刀を真っこうから叩きつけてきた。

――ワファーッ……

カゴ屋二人が叫んで路傍の草むらへ逃げこんだのと、

――ガッン!!

固い音がしたのと、同時といってよかった。

居合腰で鞘《さや》を返し、抜討ちに払いあげた又四郎の一撃は、相手の刀をはじきとばしていた。

「ング……」

間髪《かんはつ》を入れず、又四郎の左拳《こぶし》が男の脇腹にめりこんだ。

大男、ぐにゃーとなって、一巻のおわり。

「これで、よし……」

すかさず又四郎はカゴの垂れをあげた。

猿ぐつわをかけられ、うしろ手と足首を縛られた丸髷《まるまげ》の女で、腹が大きい。涙を流している。

「事情はあとで聞きましょう。とりあえず私の家へ……、すぐ近くだ」

と言いながら手早く解《と》いた。

草むらでアッケにとられているカゴ屋に、

「何か知ってるのか、ン？」

「いいんや、横川《よこかわ》の清水《しみず》町で雇《やと》われたもんで……」

「カゴ代は？」

「もらいやした」

「そんなら行っていいぞ。こやつはしばらくすりゃ目がさめるだろうよ。かまわん、いけ、いけ。おれか？　町奉行根岸肥前守《ねぎしひぜんのかみ》の特命を帯びてる者だ」

「へ、へい、そんじゃ……」

空カゴをかついだ二人は逃げるようにして消え去った。

そこへ、一九の声が追ってきた。

「おーい……、雨月さん、おーい……」

「若旦那ァ……」

ミネの声もする。一九が駈けつけた時の大声を耳にして裏の疎林から戻り、いっしょにやってきたものとみえるが、二人の姿はまだあらわれない。

涙を袖ぐちで押さえながら、路傍にきちっと膝を折って、

「かたじけのう存じました。本所の南割下水《みなみわりげすい》の旗本屋敷に居住しております依田勝太郎《よだかつたろう》信将《のぶまさ》の妻、美世野《みよの》でございます」

と名乗る女に、

「勝又又四郎でござる」

と答え、

(依田勝太郎の屋敷は米蔵《こめぐら》の南側だったたな。三百石だ。顔は知らんが、去年の正月だったか、無役《むやく》の小普請から新御番《しんごばん》に役入りしたはずだ……)

と記憶の片隅を振り返りながら、うつ伏せにのびている男を見て、

「この者は貴家の奉公人ですな？」

「山田信介《やまだしんすけ》といいまして、渡り（徒士《かち》）ではございますが、依田の家には六年ほどにもなります」

「フーン、道理で……、いや、いまし方、こやつにぶんなぐられた義人《ぎじん》は、かの有名な、全世界にまで名がとどろいてるかどうかはわからんが、膝栗毛・弥次喜多の作者です」

「ま、あの、十返舎一九なるお方……」

「左様……」

「禍《わざわ》いに巻きこみまして、申しわけないことを……、わたくしが、助けてくださいと申しましたばかりに……」

「そういうことでしたか……」

又四郎は美世野なる旗本妻を見なおした。二十代の半ばぐらい、やや下っぷくれの丸顔で、色白、富士額《ふじびたい》、女としては大柄な小肥《こぶと》りの体格……、目鼻の造作が、ととのっているとはいいがたく、愛嬌《あいきょう》に富んだ顔だちだが、表情は暗く沈みきっている。

――鬱気が昂じすぎてふらふら迷い出た。

と山田信介が言ったのは事実のとおりであって、路上の出来ごとは『追う者、逃げる者』のアクシデントにすぎなかった――と見なしてよさそうだ。

「おーい……」

百メートルほど後方に一九があらわれ、つづいてミネの姿も見えた。

「きた、きた……、さ……」

うながされた美世野は無言で又四郎に従った。腹の脹《ふく》ら み工合《ぐあい》を見改めた又四郎は、

(臨月かそれに近いようだが、ドタバタのおかげで産気づかれたりすると……、妙なことになってきたもんだ)

と思いながら、黄表紙作者として約束期限のある仕事に打ちこんでいた最中を騒ぎに巻きこまれた苛々《いらいら》も重なって、渋柿《しぶがき》を嚙じったような顔のまま、近づいた一九に、

「事情はまだ聞いてませんがね、かどわかしにはちがいねぇんで、一発かまして片づけましたよ。あそこにのびてるでしょうが……」

と言った。

「へっ、さすがでげすな……」

「こちらは一九先生の名をご存じの由《よし》」

「ご災難をおかけいたしまして、まことに申しわけございませぬ。お詫びの致しようもありませぬ」

一語一語はっきり区切りよく、大儀《たいぎ》そうなぼて腹で最敬礼する美世野に、一九の仏頂づ

らが弛《ゆる》んで、

「いやいや、なに、見てのごとしでな……。やつがれの〝膝栗毛〟を読まれたんじゃねぇかと思うが、お前さん、何でまた、そんな孕み腹かかえて……」

「おはずかしいことでございます。じつを申しますと……」

「ン、何でげす？」

「はい、世間体をはばかるために仕組まれましたもので、この身はみごもってなどおりませぬ……」

「な、なんじゃあ……？」

「ンまぁ……」

「ほう、懐妊ではない……⁉」

一九もミネも又四郎もあっけにとられた為体《ていたらく》で、口あんぐり。ゴーン、ン……、いちばん近い本所大横川・北辻《きたつじ》橋ぎわの鐘つき堂で打つ夕七ッ（四時）の鐘が、予告三つ、数秒の間を置いて七つ流れはじめた。

3

雨月庵へ戻って、又四郎が一九の頬傷を焼酎《しょうちゅう》で拭《ふ》いたりするあいだに、美世野は帯をとくために、

「申しわけございませぬが……」

とミネに手つだいをもとめ、母屋裏にある風呂小屋つづきの納屋《なや》へ出ていった。

二十分以上も手間どって、土間ぐちの囲炉裏部屋に坐った美世野の腹は、すっかり脹みが消えていた。

「これですよ、とんでもない仕掛けで、すぐにはほどけなくてねえ……、お気のどくなことったら……」

事情のあらましをミネはきいたとみえて、憤慨にたえないといいたげに、詰めものを男二人の前に置いた。ぼて腹の中味～正体である。

真綿《まわた》を使って巧妙に作られた縫いぐるみ状のパッドで、いったん結びつけてしまうと、うしろ腰の結び目を自分で解くことは不可能な渋塗《しぶぬ》りのワラビ紐《ひも》が、左右四個所に付けてある、という代《しろ》もの。

「気がせいておりまして、刃物を忘れましたゆえ、途々《みちみち》、切りほどくこともならず、つい、見苦しい姿を……」

涙を隠すようにしてうつむき、顔をそむける美世野に、一九がうながした。

「もう大丈夫でげすて……。運のいい人だ。いざとなりゃ、ここのあるじは力になれる人でげすぞ。とにもかくにも、つつみ隠さず話しなされ」

「はい……」

目に青葉山ほととぎす……、陽足の長い季節である。

一刻して、日没の鐘が鳴りだした灯ともし頃。

「はてさて、どうしたもんやら、やつがれにはわからん。お手あげでげすな。いい智恵でも絞りだせりゃ、またくるが、まっ暗にならねえうちに、ひとまず、ハイ、サヨナラ……」

と一九の姿が消えたあと、むずかしい顔いろの又四郎も、腕を組んで考えこんだまま、思案投首《しあんなげくび》。

美世野の告白をスタートラインまでバックさせると……。

ほぼ八カ月前の去年初秋のこと。二十三歳の美世野に縁談がきた。相手は本所南割下水の屋敷に住む三百石旗本・依田勝太郎信将（27歳）で、春、無役の者が羨望《せんぼう》する将軍親衛隊の一つ『新番衆』に召し出された男であった。

「うちの娘などに……何かのまちがいでございましょうが？」

父親の宇川儀右衛門《うがわぎえもん》はとびあがるほどおどろいた。母の奈津乃《なつの》も同様である。

「いや、まちがいではない。先様は将軍家の増上寺《ぞうじょうじ》ご参詣に供奉《ぐぶ》したさい、貴公に何かを届けにきた娘を見かけて、気に入ったというはなしだ」

「うーむ……」

「四の五のいうことはあるまい」

「あまりにも家格が……」

「男の立場に置き替えて考えることだ。大出世だ。稀れにしかない玉ノ輿《たまのこし》といってよかろう」

縁談を持ってきた組頭戸崎繁左衛門《とざきしげざえもん》の言い分に、儀右衛門は一も二もなく同意した。

渋谷・長谷寺《ちょうこくじ》境内の南隣りに御掃除町《おそうじまち》というのがある。芝《しば》・増上寺・御霊屋《みたまや》（二代秀忠《ひでただ》の墓所）に付属する『御掃除ノ者』の半数が住んでいる二〜三戸長屋の町で、天下の直参《じきさん》ではあるが、ご家人のうちでも家格は末端、……家族ぐるみの手内職で生活を支えるほど給与もすくない。

宇川儀右衛門は御掃除ノ者であった。

「でも、お話がうますぎるのでは？」

降ってわいた縁談に母親はためらったものの、

——陽の当たる三百石旗本。

という輝きの前に躊躇《ちゅうちょ》はあっけなく吹きとんだ。ＯＫの返事に、翌日、依田勝太郎は会いに出現した。武官なので、単身、乗馬のひと駈け。長屋の門口《かどぐち》に降り立って、深々と腰を折る美世野に、

「新番の依田勝太郎信将にござる」

ひとこと紋切り型の声をかけて去った。珍しくはない当世流の見合いであったが、総合的に『優男《やさおとこ》』の印象が残り、美世野自身をはじめ両親と弟二人も大よろこびのうちに、

——勤務の都合上、大急ぎでよびたい。

という申し入れに応じて、早々と十日後、彼女は夢見心地で嫁《とつ》いだ——まではよかったのであるが……。

ところが、最初から腑《ふ》に落ちない奇妙なくらしがはじまった。

勝太郎は六年前に病死した先代と四十三歳の未亡人寿枝《としえ》のあいだに生まれた一人息子で、新番衆の役職柄、忠実一筋に勤めてきたという古参『渡り徒士《かち》』の山田信介を筆頭

に、男七人・女一人、計九人の奉公人を置いていた。その点、他の有職の三百石旗本並みで、勤めぶりもごく有りきたりであるといってよかった。

不思議なことに、初夜の肉体関係がなく、その後も夫婦の行為に及ぼうとしない。そんな素振りも示さない。そのくせ、ある程度の部屋数を持つ武家屋敷の慣習が原則的に夫婦別々の寝室であるはずのが、部屋が有りあまっているにもかかわらず、閨《ねや》を一つにして、おまけに母親寿枝も、低い屛風《びょうぶ》を立てて同室の有様。同室についての説明もない。

家格差からくるはばかりが主因《しゅいん》となって、美世野には理由を訊《き》いてみるだけの勇気がないうえに、父の儀右衛門から、

――清和源氏の末孫たる依田様は、家柄もちがうのだ。お前が仕合わせになる要諦は、心得ておるだろうが、実家《さと》の身分を忘れず、何ごとにつけても我意《がい》を折り、はい、はい、と服従することだ。三年もすれば家風に馴染《なじ》んで、見ちがえるほどの立派な奥方になれる。いいな。

と念を押されたことも「肝に銘じ」ていた。

清和源氏・桓武平氏etc……といったコッケイな虚構《フイクション》が、日本列島争奪の人種闘争による「偽造日本史大系～偽造徳川史大系」が生《う》みだした政治的ペテン史の切れっ端にすぎない客観的事実を指摘できる者は、時代を問わず限られているため、儀右衛門の言い分

どおり、

——架空の格差イコール現実の格差イコール人間の格差。

であって、当然。

(これが依田様のしきたりなのかも……?)

と美世野は思い、不審を覚える一方で、同室する母親を明らかに憚《はばか》っているらしい勝太郎の様子に「お気の毒な……」という気持ちを誘われたものの、日がたつにつれて夫の腰ぬけぶりがうとましくなり、怒りがとって替わった。

二カ月あまり過ぎて、ひゅーっ……と筑波《つくば》おろしがうちぶき、音高く軒《のき》を洗う真夜半、美世野は冷えこみに尿意を誘われて、覚めた。二部屋の襖《ふすま》を取り払った十二畳の一隅に灯《とう》芯《しん》を暗くした有明行灯《ありあけあんどん》が置いてあり、隣りの夜具は空っぽになっている。勝太郎もトイレらしい。

(厠《かわや》でぶつかったら、むしろ幸い、文句のひとつも……)

と美世野は思いながら立った。広い母屋は凩《こがらし》に備えて雨戸が閉じられ、内便所は縁側を鍵型に曲がった突当りにある。

その手前に表側から座敷二つ、仏間、納戸《なんど》部屋が並んでいる。納戸は黒ずんだ檜戸《ひのきど》が三枚たててあり、用を足しおわって戸口の手洗鉢《ちょうずばち》に指を入れた美世野は、立ち去ろうとして、檜戸の隙間から灯影が洩れていることに気がついた。

（？………）

窺《うかが》うのが当然だ。日常の場合、奉公人が母屋の内便所に入ることはありえないし、むろんのこと、夜更けの納戸にも……。

天明《てんめい》三年（一七八三）十二月以来、南割下水一帯は二十二年間も焼野原になっていないので、家々もそれだけの年数をへており、建付けにも狂いが出る。檜戸の隙間は目の高さで一センチほど、下方へ大きくなっていた。かがみこんで目を貼りつけた美世野は、

「ンま……!!」

驚倒の息をのんだ。ぎりぎりに敷いた敷蒲団の上で、寝巻き一枚の男女が戸口に尻をむけ、ハァッ、ハァッ、ハァッ……と息づかいも荒々しく交合のまっ最ちゅう、それも、男女とも下半身丸出し、上の男がぽてっと白い女の膕《ひかがみ》を高くかかえこんで、突きおろし、こすりあげ、同時に、左うしろ手の長指で後穴《バックホール》をくじりたてるという巧者ぶりに対して、両の足指をエビのようにまるめた女のほうも、男の動きに合わせたリズムで、尻を舞わし腰を突きあげ、絡《から》まりあう呻《うめ》き声に重なって、ぬちゃっ、くちゃっ、ぬちゃっ……抜き刺しにともなう音が洩れている。おまけに手提《てさ》げ行灯が戸口の右側に置いてあるので、細部までが一目瞭然《いちもくりょうぜん》。行灯あかりに濡れて鈍く光る肉柱の出没ごとに、濃いめで剛《こわ》そうなち

ちれ毛が、やや赤紫色を帯びた肉穴の末端から、白いドロリとしたものが絞りだされているのは、すでに極期の収縮がはじまっているせいか……。二人の寝巻きで、

——勝太郎と寿枝だ。

と美世野にわかったのは、ものの七〜八秒もしないうちである。

手足の自由がきかず、金縛り状態におちいった美世野の目は釘づけのまま。

と……寿枝の動きが急迫を示した。狂ったような尻の突きあげ方は、啣《くわ》えこんでいる陰茎を軸にした『陰門のガブリ寄り』とでも形容すべきもので、

「あ、ンあっ……、いくいくいく、勝太郎、勝太郎、いくぅーっ!!」

「あ、あ、あ……、母上ーっ!!」

叫春《きょうしゅん》の媿声《きせい》にはじきとばされた恰好《かっこう》で逃げだした美世野である、が、中腰の爪《つま》さきをひっかけて、ドスン……と片膝つき、あわてて忍び足で遠ざかった。

美世野が熟睡を装《よそお》っていたためか、まもなく戻った寿枝は無言で屛風のむこう側に入り、つづいて戻った勝太郎も声をかけようとしなかった。

図《はか》らずも判明した——姑と夫の忌《いまわ》しい母子姦。

きのうきょうにはじまった仲ではあるまい。とすれば、嫁いで以来の異常な夜とその謎も氷解する。

無役から新番衆に出頭《しゅっとう》した勝太郎には、世間体を整える『物』として「女ではない～女であってはならない妻」が必要であり、それには格ちがいの家から迎えるに如《し》くはなく、最も無難な手段である。

表面、何ごともないまま数日過ぎて、美世野は近所への買物にかこつけ、長屋内で細工物に熱中していた老下男の七右衛門《しちえもん》という者から、それとなく聞きだした。

「いえね、若様……じゃねえ、殿様（勝太郎）のご出世は、何もかにも、大奥様（寿枝）のおかげでございますよ、何もかにもで……」

と言った七右衛門は、

——寿枝が新番頭ほかソノ筋の有力者にせっせとワイロを届け、念願叶《かな》って一人息子を出頭させたこと。

を大いにほめ讃《たた》え、調子づいたものか、「そりゃあ大奥様のかわいがりようときた日にゃ、股に……じゃねえ、てめえの穴に、いや、目に入れても痛くねえほどなんで、えへへへ……、お察し致しやすよ、若奥様のご苦労も……」

無言でうなずいた美世野は、七右衛門が母子相姦をとっくに知っている、と見た。

改めて見まわし、奉公人全員が知っていることを読みとった。

鼻グスリが効《き》かせてある!!

知らなかったのは若奥様の美世野だけ、というブラインド・シート!!

（それならそれでもかまわないわ……）

ウルトラ・ショックの呆《あき》れ返った思いにつづく、底知れない落胆と諦めをわが身に突きつける味気ない苦笑いの苦《にが》さで美世野は〆《シメ》くくった。

（ありがちな動機で、まちがった破倫の母子相姦《たわけ》に耽《ふけ》るようになった夫と姑を、いまさら引離すことは、神様だって出来ない相談かも知れないし……、そんなに珍しいことでもないというはなしだし……）

流行《はやり》ものの冊子《さっし》（本）を好んでいた美世野は、ついでに落語・小咄《こばなし》の代表的レパートリィになっている、〝きつね〟（父娘姦）〝故郷へは錦を〟（母子姦）などを思いだした。

夫と姑の「いじめ」を受けているわけでもなし、若奥様として奉公人たちから丁重に扱われていることも考え合わせて、

（見て見ぬふりしてさえいたら、平穏無事にちがいない）

と諦めにとどめを打った。

実家の父親は御掃除ノ者一番のマジメ人物で、躾《しつけ》のきびしさもそれに比例していたが、御掃除町そのものは下町風潮が濃く、子供の『医者ごっこ』なども排除されていない世間環境に育った、美世野もその一人。

婚家の異常事態に直面して、それが救いのクッションにもなり得た、といってよかった、が——甘すぎた。

さらに二カ月近くたって、美世野は首をかしげた。

「可怪《おか》しい……、姑さまのご様子が……、もしや？」

何気なく寿枝の腹部に視線をやってふっと気が付き、それを機に、注意深く盗み見た姑の腹があきらかに脹《ふくら》んでいるのを、美世野は確認した。

事実、隠しようもないところまで成長してしまったもので、

「姑さまが実の伜《せがれ》の子……孫を……、いったい、どういうことに……？」

新たな不測のショックで、否応《いやおう》なく美世野は傍目《はため》にもそれとわかる気鬱《きうつ》に追いこまれたが、ふさぎこんでいる彼女に勝太郎は気付いたとみえて、数日後の宵《よい》、

「美世野、書院へ参れ……」

と言い、坐ったとたん、うす笑いを見せながら、

「お前の腹は、みごもって六月《むつき》になるぞ、いいな」

「は？……、あの、いちども夫婦《めおと》のことを致しては……」

「いや、お前は利口で、よく出来た女だからな、察しもいいはずだ、余計なことは訊くまいぞ」

「でも……」

「人間、だれしもマチガイはあるものだ。今回のことは出来てしまったことで、仕方ないのだ。お前にはすまんが、ここはひとつ怺《こら》えて、男子《おのこ》か女子《おなご》かはわからんが……生んでくれ」

「義母上《ははうえ》さまのお子を、わたくしが……」

「生むのは、お前だ……」

「あの……」

「そのうち、病気ということにして、母上には籠《こも》ってもらう。お前は懐妊の身ゆえ、さしあたり、腹に詰めものをしてもらう。用意はととのえてある。上手《うま》くいかないは、お前次第だ。表沙汰になったりすれば、改易《かいえき》死罪はまぬがれぬところだ。そこを考えてくれ。依田家の破滅は、せっかく嫁いできたお前としても、望むところではあるまいが……。埋め合わせはするつもりだ。ことがすんだ暁《あかつき》には、お前の腹に子を宿らせて、名実とも、玉ノ輿に乗った果報の身にしてやる。わかってくれたろうな?」

うす笑いのまま、どう割引きしても「深刻な……」とはいいがたい平板な抑揚《よくよう》と表情で勝太郎は一方的に言いたて、ずたずたになった美世野の心情を一顧《いっこ》だにする思いやりを示す気配もなかった。

形だけが共通の人間で、中味は別の生物——と美世野には見えた。

一九九五年五月の隅田川河畔にある家の、美世野が東京住人であったとすれば、たぶん、オウム教毒ガス『サリン』にはじまる日本列島壊滅の火蓋を切る新型テロリスト集団のクローン人間——と映《うつ》ったかも知れない⁉

ようやく経緯のからくりが判明した。

骨肉相姦《インセスト》の果て、寿枝に勝太郎のタネが宿ったことで、大急ぎで腹をすり替えるために、御掃除ノ者宇川儀右衛門の娘美世野を妻に呼んだこと。

ひそかに手をまわして、儀右衛門父娘ならば破綻《はたん》のおそれは少ない、すり替え道具として成功するだろう、と眼《がん》を付けたこと。

美世野が月足らずの出産をしたことで、万事メデタシとなる。

もちろんのこと、すべては寿枝の差し金に相違あるまい。

「いいな。ン、美世野……」

即答できるはずもなく、焦点を失った目で半ば放心状態の彼女に、勝太郎は険《けわ》しい目つきで念を押した。

無言のまま美世野は目を伏せ、うつむいてしまった。首を横に振ろうとはしなかった。

納得しないいままの服従～承諾を意味したことになる。

一見して姑寿枝の腹部がぼて腹とわかるようになった七カ月過ぎの時点で、

——大奥様、ご不例《ふれい》（ご病気）につき、御仏間北隣りのお部屋にお篭りなされた。

と奉公人一同は心得顔の目顔を交《か》わし、近隣の小普請組（無役）旗本屋敷にもそのとおり伝わった。

じっさいに、当《とう》の寿枝はほとんど仏間隣りに閉じこもったきり、内風呂と便所のほかは台所に姿を見せることもなく、三度の食事も婢《はしため》がはこび、時たま屛内の庭さきへおりることがあっても、五百坪の屋敷外へは一歩も出ない。

看病役はもっぱら婢のマサで、四十歳近いマサは先代からの奉公人だが、年下の中間《ちゅうげん》治五平《じごへい》と夫婦関係にあり、当主の勝太郎が認めているので、むろん、人別帳《にんべつちょう》（戸籍）でも正式の夫婦であった。

そうして、すり替え腹の美世野は身重《みおも》の姿となった。

七福神や火男《ひょっとこ》・おかめ・仙人・天狗など各種のお面を作っている浅草職人の手に成るらしい例《くだん》の『パッド』を腹にくくり付けられ、突然のぼて腹では外部の者の不審を招きかねないことも計算のうえで、詰めこむ真綿の量を段階的にスピーディに増やすというやり方である。すべてマサがおこなった。

目立ったもう一つの変化は、美世野の近所への買物にさいし、

——若奥様のお体をお守りせんと、もしやのことがあっちゃ……云々《うんぬん》。

と身重にかこつけて奉公人のだれかが必ず付添い、単身外出の機会を遮断されてしまったこと。「もしや」のホンネは、いうまでもない——もしや、実家へ逃げ戻ったりされては困る!!

(逃げる決心がついたわけでもないのに……)

と迷いの狭間《はざま》で臍《ほぞ》を噛む日々がつづいたあげく——決行の動機が偶発した。

十日ほど前の真夜中であった。

思いがけなく勝太郎が美世野の夜具へ這《は》いこんできた。寿枝の別室をさいわいに、ようやく、初夜のいとなみ!! 美世野は応じた。パッドをしたままなので、勝太郎は横臥の美世野にうしろから挑んだ。寝巻きを背中までまくりあげて、まさぐり、のぞきこみ、撫でさすり、息づかい荒々しく、

「白い桃だ、かぶりつきたい尻《けつ》だ、お毛々《けけ》もふわふわだ……」

と吐きちらしながら、びんびんのモノを押し当てた——その場所が、女性自身ではなく、おにやけ(肛門)。

(ちがいます、そこは……)

と口にしかけてハッと声をのみこんだ。

——姑が息子と嫁のまともな交合を禁じている!!

と美世野は直感した。限度をこえた怒りの反射作用がおこった。美世野の8ノ字筋肉は鉄扉《てつぴ》と化した。勝太郎、ついに裏門突入ならず。窮余《きゅうよ》の果て、破れかぶれになったものか、ぬるぬるのアタマを『女の陥没部』に移動させたものの、

「きょうはかんにんなされて、どうか、近く、またの日にしてくださいませ」

美世野の強い意志表示にあえなく退散と相成った。

決心がついた。

きょう、勝太郎は休番《きゅうばん》（休日）で、竪川沿いの緑町《みどり》四丁目の荒物屋へ買物に出た美世野は、看視役の山田信介が店さきに腰かけている隙に、

「相すみませぬが、はばかり（便所）をお借りしたく……」

店の者に頼んで、裏の外便所へまわったと見せかけながら裏通りへぬけて、一散に東へ……、大横川北辻橋～十間横川天神橋を渡り、亀戸元町から水路沿いの農道を柳島村～亀戸村の境まで逃げのびた。目あては荒川逆井《さかい》ノ舟渡しに近い稲荷《いなり》の裏手にある中川《なかがわ》船番所雑役（足軽）の組長屋で、その一人の女房が幼馴染《おさななじみ》であった。さしあたり、隠れる場所はほかにない。

逃げそこなった。

理由は、嫁いだ当時に幼馴染の話をしたことにある。追跡して美世野に迫った山田信介は、開口一番、怒鳴って、笑った。

「図星《ずぼし》だっ!! ワハハハハハ……」

そこへ通りかかったのが——十返舎一九先生という次第で……。

4

翌日。

数寄屋橋《すきやばし》内・町奉行所（現、有楽町駅）の一室で、

「……かようなわけで、いかに始末をつけてよろしいものやら、手前の手にはおえぬ事柄ゆえ、いささか途方にくれまして……、この上は、ご迷惑でも、殿のご裁量を仰ぐほかには……」

と、根岸肥前守鎮衛《やすもり》（69歳）の返答をもとめた、『元、物書役格《ものかきやくかく》』の勝叉又四郎のむずかしい顔いろに、

「うーん……、いや、そうだろう。〝礫《つぶて》ノ勝叉〟といわれた、いや、いまでもおれを代理してくれる〝礫勝《つぶてかつ》〟にはちがいないが、礫打ちで〝下相姦《しもだわけ》〟を征伐するわけにもいくま

いからな……」

と肥前守も渋面そのもの。膝もとには又四郎の持参した『美世野のパッド』がむきだしで置いてある。

「いかがいたしたものでございましょう」

「法規に則《そく》して筋目《すじめ》を通すなら、母子《おやこ》とも遠島・依田家取潰し……、軽くてもの話だ」

「当然と思います」

「だが、法規どおりにはこんでは、不公平、片手落ちになりかねまい……？」

「と申しますると？」

肥前守、パッドをつまみあげ、見なおしながら苦笑いを浮かべて、

「すり替え腹の現行犯ははじめてお目にかかったが、確実不確実はともかく、武家・町《まち》ひっくるめて、おれの地獄耳に入っている相姦《たわけ》だけでも、二十件ほどもあるのでな……」

「はあ……、手前もいまさらおどろきはしませんが……」

「よし、わかった、又四郎……、片手落ちにならぬよう、急ぎ根回しのうえでケリ付けると致そう。任せなさい」

「勝又、衷心《ちゅうしん》より御礼《おんれい》申しあげます」

「いやいや、雨月蓬野氏《うじ》、ご苦労なことにござった」

「はあ、いや、一九さんほどには売れそうもねえんで……」

おどけ半分の〆《シメ》くくりで、フフフ……と顔見合わせた。

超スピードで七日後に結着がついた。老中以下、評定所オール・メンバーによる非公式の裁定であって、当人の呼出しはなし。幕法による断罪をさけた理由は、それをやると「際限《きり》がなくなる」からである。

——依田信将、不届きの儀あり、新番衆を免じ（クビ）、即日、甲府勤番を申付ける（一種の島流しで、無期限が原則）。

——母寿枝、同様の儀により親類預け、座敷牢に閉じこめる。

——家族（美世野）、奉公人、お構いなし。

というものであった。姑寿枝は座敷牢で一人息子の子（孫!?）を出産せざるを得ないことになった。

とつぜん、十名ほどの配下をひきいる目付《めつけ》に乗込まれた割下水屋敷では、騒ぐどころか、母子とも卒倒……、死の館《やかた》にひとしい静寂につつまれたすえ、勝太郎も寿枝も泣きじゃくりながら、住み慣《な》れ・生まれ育った家の裏戸から追いだされると、二度と逢えないであろうと予想される別れ方で、さきに勝太郎、しばらくの間を置いて太鼓腹の寿枝が、それぞれ護送付きで消え去った。

美世野逃亡の大失敗をやらかした山田信介はじめ、奉公人たちも次々と姿を消してしまった。二日後には空っぽ屋敷と化した。後継者が入居するまで、多少の間が……。

「雨月先生、割下水の母子《おやこ》ヘッペ（性交）屋敷にゃ、お目付さまの手下とかっていう強そうなひげオヤジが、ドロボーよけに見張ってるだけで、だぁれも居《い》やしねえよ。きのうでみんな消えちまったんだってさ……」

夜四ツ（十時）の鐘が、梅雨《つゆ》の前ぶれと思われるような曇天の湿っぽい闇を縫って、いつもより近くきこえだした、その途端に土間へとびこんできて、腰付障子《こしつきしょうじ》ごしに報告したのは——竪川南沿い・松代《まつしろ》町のソバ屋『ことぶき屋』の出前持ち梅次郎《うめじろう》である。

奥多摩出身の梅次郎は、実名『お梅』、若い男の出前持ちに化けた『元ドロボー』グループの一人で、彼女の兄を中心とする一味が又四郎に捕まって、去年、島送りにされたあと、改心、オリンピック長距離ランナーそこのけの特技を生かして、ことぶき屋奉公人のままで、必要に応じ、又四郎の手先となって活動することに生き甲斐を覚えているという——ゴム毬《まり》のような尻と巾着《きんちゃく》真ンを持った、ぴちぴちの芳紀《ほうき》二十歳。

昼すぎ雨月庵へ出前を届けたさい、

——お前が寝る前でいい、依田屋敷の様子を見てきてくれ。

と言われ、往復七キロほどをひと走りしてきたところだ、が、息切れもしていない。

ミネは通りぬけ土間を挟んだ自室でとっくに就寝。

又四郎は炉ばたでほろ酔いのご機嫌。匿《かくま》われてきた美世野も又四郎の下ごころあるすすめに乗せられて、酩酊《めいてい》寸前。

「そうか、ご苦労だったな、梅次郎。ほうびのマンジュウはあしたの晩だ。取りにこいよ。この奥さんには、明朝、実家《さと》へかえってもらうことにするか……。ご苦労、梅次郎……」

「先生ったら……」

(ははぁん、お梅のやつ、読んでるようだ)

と思いながら、雨月庵先生、故意のとげとげしい口調で、

「こら、梅次郎っ……」

「へぇ……」

「ヘッペ(性交)屋敷などと下劣な言い方はよせ、いいな、おれまで人格落ちめになるではないか、ン?」

「ンにゃ……」

「また、あしただ。戻って寝なさい。おやすみ」

「ンへーい……」

　障子をあけないまま、梅次郎（お梅）はチェッと舌打ちしかねない返事の仕方で、入口の戸を閉め、駈けだしたとみえて、アッというまにその気配は雑木林の小径へ吸いこまれ、遠ざかった。

「万事メデタシ……、いや、牢座敷で生まれさせられる子の立場を思えば、こっちが人間廃業（自殺）したくなるが、いまさら、仕方あるまい。徳川の世も、もうすぐ終わりだな。今回の中途半端な結着も、世の中崩壊の前兆と見てよかろう……」

　半ば独《ひと》りごとにつづいて、燗徳利《かんどつくり》を取った又四郎、

「美世野さん、名残《なご》り惜しいが、今夜かぎりだ、さ、飲もう、酔いつぶれるまで……」

「は、はい……」

　酔いに染まった美世野が猪口《ちょく》を差しだす、そのむっちりとした手首を、又四郎の左手がつかんだ。

「ま……」

「袖すりあうも、フフフ……」

「あ、はい……、他生《たしょう》の縁《えにし》……にございまする……雨月先生……」

　うつむいた美世野は手首をあずけたまま、蚊《か》の声でつぶやき、頬は倍増のまっ赤……、生娘《きむすめ》かどうかは予断の限りにあらずとして、全身の風情《ふぜい》は——すでに『無限の秘密』につ

つまれる股《また》を開けていた。

春怨梅雨の闇

1

梅雨明《つゆ》けにはまだ遠いと思われる。

事件の動きは常識はずれの問答からはじまった。

昼の九ッ（十二時）を過ぎてまもない頃、夜来《やらい》の雨が降りつづいている中を、荒川《あらかわ》につながる南水路（灌漑溝《かんがいこう》）のほうから、農道の北側にひろがる雑木林の小径《こみち》をぬけ、一軒家の雨月庵《うげつあん》へかけこんできたのは、柳島《やなぎしま》村々役人・五人組頭の一人である四十男の五兵衛《ごへえ》。

「大変じゃ、大変じゃあ……」

「いなさるかい、勝又《かつまた》の旦那っ……」

「おぅ……、どうしたんだ」

勝又又四郎《またしろう》（雨月蓬野《ほうや》）が奥から囲炉裏《いろり》ばたへ出てきた。

浮かない顔をしている。

「大変なんじゃ、旦那、溺《おぼ》れ死にしとるんじゃ」

「フーン、大変だというからには、溺れたのは、狸《たぬき》か、猫《ねこ》か……？　だいぶ増水してるからな、事故もおこりやすいだろうて」

「冗、冗談じゃねえ、死んでるのは人なんで……、人間さまなんですよっ」

「なるほど、人間さまか……、だからこそだ、人間の溺死なら、大変だということにはなるまいが？」

「ひゃ、おめえさん、気はたしかかねっ⁉　人をからかうなんて、どんな風の吹きまわしか知らねえが、いい加減にしてもらいてえもんだ」

五兵衛の語気が荒くなり、目付きも険《けわ》しくなった。

又四郎、眉をよせたユーウツな表情のままで、

「お前さんをからかう理由はおれにはない。マジメな話をしてるんだ。おれはいま、コノ世に居なくてもいい無用の生きものは〝人間さま〟だけだと思っておったところだからな。ことわっておくが、もちろん、コノおれをひっくるめてのことだ。無用の生きものが溺れ死んだのであれば、大変どころか小変にもなるまい」

あっけにとられた五兵衛、

「いつもの旦那じゃねえ、人が変わっちまったみてえだ、やっぱり、気がヘンになっちまったんじゃあ……」

「いや、変わったわけじゃない、気もヘンになってはおらん。あ、そうか、わかった、わ

かった、アハハハ……」

又四郎、笑いだした。

(いつものおれはタテマエのおれで、いまのおれがホンネのおれさ)

と口にしかけた又四郎は、タイミングの関係で、問答の相手をとりちがえていることに気がついた。

正(プラス)&負(マイナス)の人生。

ものを考える人間唯一の手段、それもきわめて不自由な手段でしかない『言葉(文字)』に置きかえると、

——生存の意識は『正・負』の相反するもので成り立っている。

ハウツー用語では『前むき、後むき』などともいう。

『正・負』の終着点《ゴール》には選択肢がない。

正——生存欲の執着~延長。

負——人間廃業~自殺。

一般論として、

正——正常・正論

負——異常・異論

となる。勝叉又四郎の場合は、三百六十五日、彼に付きまとっている『負の時間帯』から脱けださないかぎり、他人との会話も成り立たない。

——おれは生きるべきか死ぬべきかについて、悩み、迷い、苦しんでいる最中なんだ。とハムレットもどきのせりふを並べ、説明をこころみたところで、まちがいなく徒労におわる。

「それで、溺死は男か？」

「女ですよ。武家の奥さんじゃねえかと思うんだが、若くはねぇんで」

「どこだ？」

「荒川のこっち岸で、稲荷《いなり》の上《かみ》……、家が一軒もない場所なもんだから、引きあげて、人の目につかんように、川っぷちの草むらに隠して……」

「ソノ筋へは通報しておらんのか？」

「御番所のお役人だった旦那に注進するのが無難だと思ったもんで……」

「そうか、フーン……」

苦笑してうなずいた又四郎は、奥から紙と筆を持ちだして、かんたんなメモを作った。

隅田《すみだ》川の浅草《あさくさ》対岸から源森《げんもり》川（掘割）が荒川につながっている。

五兵衛は用事で源森川〜荒川沿いに南本所《みなみほんじょ》村へむかっていたところ、荒川辺りの亀戸《かめいど》村のはずれで、芦《あし》にひっかかった恰好《かっこう》の水死体を発見。

(女の土左衛門《どざえもん》にへたにかかずり合っちゃ、ろくなことにならんかも?)

いったんは素通りしかけたものの、

(村役《むらやく》だからな、おれは……)

思いなおして、引き揚《あ》げた。

たっぷり水をのんだ溺死体で、手足を縛っておらず、そうした痕跡も見えない。丸髷《まるまげ》はくずれているが、細面《ほそおもて》、ととのった顔だちで、四十歳くらいかと見なされる。

五兵衛に判断できたのは、

——殺されてから投げこまれたものではない。

ということだけであって、他は見当もつかない。

「人間、思うようには……、いや、生きているものすべて、草木だっておなじことだろうが、思うようにはいかんもんだな」

又四郎はメモを五兵衛に読ませながら、いまし方《がた》までの『正&負』の鬩《せめ》ぎ合いを忘れたような顔で言った。

「へ……?」

「おれがお前さんの立場でも、おなじだったろうと思うよ」

「や、旦那にホメられるとは……」

「ま、よかろう……。とにかく、これをお前さんが森川町《もりかわ》の大番屋へとどけることだ」

「はいはい……」

五兵衛は安心した様子で雨月庵を出ていった。

まもなく小降りになった雨は、夕方過ぎる頃には止《や》んだ。

が、梅雨空にもどったままで、晴れる気配がない。

ふたたび書斎に閉じこもっていた又四郎のもとへ、古い馴染《なじ》みの目明《めあか》し仁兵衛《じんべえ》がよびにきた。五十男の仁兵衛は本所回りの古参同心《どうしん》小林助三郎《こばやしすけさぶろう》の配下で、地道な努力を積み、現在、銭湯オーナーが生業。

「おいそがしいところ、申しわけねえんですが、うちの旦那（小林助三郎）にいわれて……」

「おいそがしいとは、いい皮肉だ。ここのところ、売れる黄表紙《きびょうし》がねえもんだから、閑古《かんこ》鳥《どり》の鳴きっぱなしさ」

「うへ……」

「半年ぶりで小林の面《つら》を見にいくとするか……」

溺死体は、今朝、その家族から『行方不明』の届け出があった婦人と判明し、夫と娘が

現場へかけつけているが、父娘の説明がすべて『事実』であるのかどうか？　小林の判断では百％の確信が持てないので、

——かつての先輩〜師匠でもある雨月庵先生の助言を、ぜひともお願いしたい。

というもの。

現場が雨月庵からすぐだということもあって、臨時の検分役を又四郎はＯＫしたが、溺死者の夫なる人物に興味をおぼえたことも加わった。

目明し仁兵衛からきいたかんたんな内容では、

——溺死した郁江《いくえ》（42歳）の夫宮舘文左衛門《みやだてぶんざえもん》（48歳）は、徳川創業時からの有力大名である庄内藩《しょうない》（鶴岡《つるおか》）十四万石酒井《さかい》家を追放された浪人の身で、地誌〜史学者であり、娘奈津《なつ》（21歳）は夫婦の実子で、未婚。

——中十間川《なかじっけん》とも よばれる源森川南の六区に分かれる小梅町《こうめ》の裏店《うらだな》に住んでいたが、わずかな店賃の支払い滞《とどこお》りのために追いたてられ、去年の暮れ以来は、小梅町と川沿いの瓦町《かわら》のあいだにある南蔵院《なんぞういん》境内の物置き納屋《なや》に住んで、スズメの涙ほどの手間賃にしかならない手内職で、食うや食わずの極貧ぐらしをしていた、という。

着流しで、要心のために傘だけは必要だろうと草履《ぞうり》をつっかけたところへ、すこし前、浅草の息子の家から戻って、晩メシ支度《じたく》をしていた家政婦（奉公人）ミネが、

「若旦那、すぐそこらしいからオレも見にいってみたいけど、いいだろうね」

と言いながら土間へ下りてきた。

「ダメだとはいわんが……」

「物見高いヤジウマ根性だって？　でもね、若旦那が生まれる七年も前から奉公してきて、来年は還暦《かんれき》（かぞえ61歳）だっていうのに、一回も見たことがないんですよ」

「フーン、そういえば、そうか……」

といっても、野次馬根性に変わりはない、と思ったものの、検分する立場を考えた。

（ミネがどう感じとるか？　万が一、重要な暗示をあたえてくれることも、あり得ないわけではあるまい）

「わかったよ、いっしょに行こう」

2

家族の事情聴取。

溺死体の処置。

ひととおりのことがすんでいて、又四郎をむかえた小林助三郎は、

「家庭の事情と行き方知れずになった経緯から見て、入水《じゅすい》（投身）したとしか考えられませんが、可能性としては、事故……誤《あやま》って水にはまったことも考えられます。いずれにしても、気の毒な出来ごとのようで……」

と耳うちして、うなだれたまま草むらに座っている父娘をかえりみた。

死体は水を吐瀉《としゃ》させたうえで担架に仰臥《ぎょうが》させ、筵《むしろ》がかけてある。

場所柄、見物人は集まっておらず、又四郎らを加えて十二人。

「当人の姿が消えたのは？」

「昨夜《ゆうべ》の四ツ（十時）前、夫婦いさかいでとびだしたそうです。娘が引きもどそうとするのを振りきって……」

「そうか、雨の闇ではな……」

（事件としては、おれが関《かか》わる筋合いなどないようだが、黄表紙作者といたしましては、大有りだ、見のがす手はない!!）

緊張した又四郎。嗅覚全開。

覆《おお》いをはずし、帯ひもを解《と》きはずしたままにしてある女体を、すばやく、念入りに検《しら》べた。仁兵衛が手伝った。

うすく出はじめている紅青色の死斑《しはん》を除《のぞ》けば、中肉中背、色白の肢体は、色香十分といっていい姥《うば》ざくらで、目立った特徴は、菱形に生《は》えた濃く長い陰毛が股のワレメをこえていること……であった。左の外腿にわずかなかすり傷がついているほかには何もなく、きれいな水死体である。

ミネが遠目に見守って合掌している態度に又四郎はほっとしながら、父娘の前にしゃがみこんだ。

又四郎が問いかけるさきに父も娘も顔をあげ、ていねいに一礼した。

小林助三郎から、多分、

——お奉行の友人で、特命の隠密でもあるご仁《じん》（人《ひと》）だ。

とでもいわれていたものだろう。

父娘とも憔悴《しょうすい》しきった顔いろで、娘の奈津は泣き腫《は》らした目をしている。

「かような事態を招きまして、釈明の致しようもありません。一家のあるじとして恥じ入るばかりです。おそれておったことが、まさか、そのとおりになるとは……。お詫《わ》び申すほかにありません」

宮舘文左衛門は暗澹《あんたん》とした口調で言い、きちっと折った膝に力なく視線を落とした。端正な顔の持ち主で、貧やつれは隠せないが、学者だときいたせいもあって、信念を頑固に貫《つらぬ》くタイプの男らしい、と又四郎の目には映《うつ》った。そして、それは、そのとおりだったのであるが……。

「はじめから自殺の懸念《けねん》があったわけですか？」

又四郎は反問した。

「左様です。けさ、急いで届け出ましたのも、その心配からで……」

「口争いがきっかけになったという話ですが、もうすこし、理由の子細《しさい》をおきかせくだされば……」

「口争いではございません。わたくしから申しあげたいと存じます……」

父親の右うしろに座っている奈津が、文左衛門に視線をむけながら口をはさみ、袖《そで》ぐちで涙を拭《ふ》きなおした。娘ざかりの奈津は小柄で、色白・細面、顔だちは両親のどちらにも似《に》ていて、庄内美女といってよく、黒眸《くろめ》の多い明眸《めいぼう》は父親似……、これも貧やつれはあるものの、特徴はアゴの線が丸く柔《やわ》らかで、どちらにも似ていない。娘らしい島田髷ではなく、手づくりの櫛巻《くしま》き髪にしているのは、もちろん、二十四文均一の結髪《けっぱつ》代（かけソバ十六文）にこと欠くためだろう。

「いさかいではない……？」

「はい……、有りのままをお話しさせていただきます」

「聞きましょう」

「このようなことになりましたのも、因《もと》は、お父上が追放のご処分をうけたことにございます……。ご処分の理由につきましては、お役目の上で主家《しゆか》（酒井家）に弓を引いたことになりましたとしか申しあげられませんけれど……」と前置きして、もうひとつ、「お父上の肩を持つつもりはすこしもございません……」

とことわったうえで、奈津の話は過去へさかのぼった。

宮舘文左衛門は庄内藩を代表する博覧強記《はくらんきようき》の地誌～史学者であり、やがて創設される藩校『致道館《ちどうかん》』のトップ「学校総奉行」に任命される立場にあったが、開校準備の一環として、新たに『酒井家譜《かふ》&藩史』を編《あ》むことになり、当然、文左衛門が編集長の重責を負わされた。

藩祖酒井左衛門尉《さえもんのじようただつぐ》忠次は徳川《とくがわ》創業の『家康《いえやす》四天王』であって、幕府に何度か提出されている公認の既成家譜では、三河坂井《みかわさかい》出身、清和源氏の支流として『名門』を誇っている。

家譜は藩祖の記述からはじまる。

天下一の完備された家譜を作るべく、文左衛門は手をつくして資料を集めたものであるが、その過程で、予想もしていない「おどろくべき事態」にぶつかった。

既存の公認家譜に記録されている徳川四天王酒井忠次の一代は、その素姓といい、行動といい、すべてウソ、事実とは似ても似つかないオールペテン、偽造されたものでしかないことが判明してしまった。

忠次だけではない。東照神君家康《とうしょうしんくん》をはじめ、徳川創業期の四天王(榊原《さかきばら》・本多《ほんだ》・井伊《い》)ほかの主な顔ぶれについても同様。

「父上の座右銘は〝偽《いつわ》らぬこと〟でございました。お悩みのあげく、家譜編纂《へんさん》のお役目を返上なさいました。適任にあらず、と申しあげました由《よし》……。五年前のことで、追放のご処分になりました」

と奈津はむすんだ。具体的に触れようとはしない。

小林助三郎と仁兵衛が首をかしげ、役目返上の理由がさっぱりわからん、と言いたそうな顔を見合《あ》わせている中で、又四郎だけは納得顔でうなずいた。

(偽譜《ぎふ》を編むことを拒否したということだな……。とすると、八代将軍吉宗《よしむね》の時に尾張《おわり》の徳川宗春《むねはる》があばいた徳川偽史の現物《げんぶつ》を、宮舘文左衛門はつかんだものだろう。それにちがいあるまい)

と思いながら、又四郎は町奉行根岸《ねぎし》肥前守《ひぜんのかみ》とのあいだに交《か》わされた二年ほど前の会話を思いおこしていた。

——尾張徳川家が宗春公で絶滅させられた真因を、多少の遠回りしてでも、巧妙にからくり仕掛けで描きだせば、異色の黄表紙としてまたとない売りものになるだろうと、ああでもないこうでもないと、さんざん考えてみたのです。

――そいつは逆《さか》だちしてもダメだよ。偽史が絡《から》むかぎり、どんな手を使ったところで、張扇《はりおうぎ》式の仮名手本忠臣蔵《かなでほんちゅうしんぐら》というわけにはいかん。たちどころにお前さんの首が落ちることになる。（張扇＝ウソの代用語）

――わかってはいるのですが……。

――郡上八幡《ぐじょうはちまん》（美濃《みの》）の金森《かなもり》騒動を〝森の雫《しずく》〟に仕立てた馬場文耕《ばばぶんこう》ですら、ハリツケ獄門になってる有様だ。

――恨むらくは、八代さま（吉宗）の露《つゆ》払い・大岡越前《おおおかえちぜん》……。

――シッ、壁に耳あり……だぞ。

――かえすがえす惜しい材料です。

――いまの世が亡《ほろ》び去れば話はまた別だろうがな……。伽羅先代萩《めいぼくせんだいはぎ》とておなじことさ。牢死した後西《ごさい》天皇の倒幕工作を、有りもしない伊達《だて》のお家騒動にすり替えて、一から百までウソで仕組んだからこそ、歌舞伎作者の……。

――奈河亀輔《ながわかめすけ》です。

――奈河亀輔も無事だったのだ。事実の一部でも仄《ほの》めかしてみろ、まちがいなく首と胴がはなれたはずだ。おれとちがって雨月蓬野は若いんだからな、命と引きかえるような材料にこだわってはいかんよ。せっかくの才も首くくりになりかねまい？

——ウーン、ご忠告、肝《きも》に銘じておこうと思います。

徳川武家社会体制の土台を支えている、政略的に最重要な大黒柱が、公認の『偽譜〜偽史』であった。

将軍家とその一門はもとより、対象がどの大名〜旗本・他であっても、偽譜〜偽史に触れることは絶対タヴーであり、とくに素姓〜家系の虚偽を検証した場合などは、部分的な示唆《しさ》であっても、大逆罪〜極刑になりかねない。

そこへ徳川宗春事件がおこったことで、学問としての歴史は息の根を止められ、張扇の講談だけが『一九九五年現在』まで残ることになる。

御三家筆頭の尾張宗春が、紀州家から出て将軍職を継いだ吉宗の不遜な態度に憤激して、みずから先頭に立ち、六十二万石の総力をあげて、始祖家康の生涯を、徹底的に、顕微鏡をのぞくようなやり方で調べなおした、その結果、

——わが祖家康公はじめ、四天王ほか徳川創業メンバー全員が、平安王朝（百済《くだら》人〜漢人連合）以来の京都権力にドレイ化されてきた先住民族の子孫であり、収容所《ラーゲリ》の俘囚《ふしゅう》（差別人）であり、浮浪のジプシーであった。

——家康公の素姓は、京都系仏教徒の三河松平広忠《ひろただ》（今川《いまがわ》代官、家康の父）とは縁もゆかりもなく、駿河収容所出身の浮浪願人坊《がんにんぼう》から身をおこして、表面上の長男に偽装してある『岡崎三郎信康《おかざきさぶろうのぶやす》・築山御前瀬名《つきやまごぜんせな》』の母子をふくむ松平一族を完全抹殺して、ジプシー仲間で首をすげ替え、一人のこらずすり替わってしまったものである。

——国松《くにまつ》～浄慶《じょうけい》～世良田元信《せらだもとのぶ》の家康公は、松平広忠の嫡子元康《もとやす》にすり替わった。

——また、信長《のぶなが》（拝火教徒《ゾロアスター》）も秀吉《ひでよし》（ヒンズー教徒）も同様の先住系で、収容所の俘囚出身である。信長は北近江《おうみ》の八田《はった》収容所（収容地）、秀吉は浜松《はままつ》収容所である。

——四天王の一人・酒井忠次の正体は、浜松七変化《しちへんげ》村（収容地）の願人坊常賢《じょうけん》であって……省略（後掲）

ｅｔｃ……という厖大《ぼうだい》な量におよぶ検証記録を、宗春著『温故知要《おんこちよう》』、書物《しょもつ》奉行・堀杏《ほりきょう》庵《あん》著『庚申闘記《こうしんとうき》』、書物奉行付《つき》・堀田恒山《ほったこうざん》著『石《いし》ガ瀬《せ》戦記』、尾張藩士・史家・松本秀《まつもとしゅう》雲《うん》・千村伯斉《ちむらほうさい》共著『張州府志《ちょうしゅうふし》』などの書名で一挙に公開したため（いずれも現存）、

——東照神君の正体をあばいて公表するとは、逆賊の振る舞いだ。その罪は死をもってもつぐなえんぞ。

激怒した吉宗は尾張の刊行物を根こそぎ没収、ことごとく焼きすてたうえで、御三家当主を死刑にした場合の政治的影響～後腐れを考慮して、宗春の生涯（44歳～69歳）を幽閉

し、以後、尾張家は実子が相続させられず、代々、将軍家から養子を送りこまれて首のすげ替えをくり返し、幕末まで形だけが残ることとなるが、吉宗の代理人として尾張徳川を事実上「抹殺する」処分策を立てたのが——大岡越前守忠相《ただすけ》であった。

宗春に協力して幽閉されたのが、家康四天王の一人である榊原康政《やすまさ》の八代目・姫路《ひめじ》十五万石の榊原政岑《まさみね》で、幼少の子政永《まさなが》は越後高田《たかだ》へ左遷。

表面の処罰理由は、周知のごとく、

宗春——吉宗の倹約令に違反。

政岑——遊女高尾《たかお》を身請けした不品行《ふひんこう》。

処罰理由を信用した者は日本列島に一人もいなかった、はずである。

将軍吉宗の処罰を通達する上使として榊原屋敷へ乗りこんだ広島藩主浅野吉長《あさのよしなが》の不品行は、政岑の比どころではなく、吉原《よしわら》遊女三人・芝明神《しばみようじん》前のオカマ二人を囲い、そのために加賀《かが》百万石前田《まえだ》の娘である奥方節子《せつこ》が「割腹自殺」してしまうという大騒ぎをおこしている。

が、表立って処罰理由のカムフラージュを剝《は》ぐことは、生存の破滅につながる。

尾張宗春事件をさかいに、

——何が客観的事実か？

の問いかけがゼロと化して、
――支配者と民衆の必要とする（都合のいい）歴史のみが歴史だ。
となり、後世の警句、
――赤信号みんなで渡れば恐くない（ビートたけし）
立ちどまって疑うことは非常識、ウソをウソと承知しながら認め合うことが何よりも平和で安全で安泰……、せっかく、明治維新の動因があったにもかかわらず、徳川旧将軍家側と維新政権によるソロバン取引きで
――江戸～徳川三百年とその前後の歴史にはメスを入れず、原則的に、そのまま正史として公認する。
と商談成立、以来、文部省～大学シンジケートを柱に、歴史でないものを歴史と称して教え学び、さいごの赤信号であった「一九四五年八月十五日の無条件降伏（歴史の解放）」も、信号無視のまま通過……、その果てに、外から投げつけられた屈辱標語――顔のないウソつき日本人!!（orウソつき日本史）
――顔を持つにはどうすればいいのか？
という簡単明瞭な答えにつながる設問は、タイム・ラグ（時間ずれ）二百年の根岸肥前守鎮衛《やすもり》・勝叉又四郎には、設定されるはずもなかったのである、が、

（ことが重大すぎたわけだな……、不運なお人だ……、役目返上がぎりぎりの道だったのも、わかる。おなじ立場なら、このおれも）

又四郎はわが身をかえりみることが先だつ思いで、

「母どのはお役目返上に反対されたわけですな……？」

「はい、それは猛反対を……。お実家《さと》がお重役でも、家柄をほこる母上ではございませんでしたけれど、たいそう気性の烈《はげ》しい母でございましたゆえ、こちら（江戸）へ参りましてからは、ことごとに父上をののしりなさいまして……、腰抜けなどと……」

奈津はうつむいて唇を噛んだ。

「なるほど……」

「父上は、いつも黙ってお聞きなさるばかりでございます。わたくしが存じておりますかぎり、両親の口争いを見たことはございません……」

「おとついの晩も……？」

奈津はうなずいて、

「生きている希《のぞ》みがないゆえ身投げもいとわぬと、よく口走りなされまして……、子として、母上には、辛抱しましょうとしか言いようがありませんでしたけれど……、おとついも、おなじようなことを言われて、まっ暗な雨の中へ……」

奈津は両掌を顔に押しあてた。

そんな奈津をミネが又四郎の数メートル後方からじいっと見守っていた。

又四郎の聴取は二十分足らずでおわった。

「おれがとやかく口をはさむ余地はないようだ」

と小林助三郎に耳打ちしてから、宮舘父娘に、

「お気の毒としか言えません。ご冥福《めいふく》を祈るばかりです」

と弔意を伝えたうえで、

「筆を取る生業《なりわい》から、私もいささか史伝《しでん》類に首を突っこんで、いろいろ苦労している者です。教えていただきたいと思ってますので、ことの始末がつかれたなら、後日、いつでも結構です、その気になられました折は、私の侘《わ》び住居《ずまい》へおこしください」

文左衛門に言い、あ、とおどろいた表情の相手が、一瞬後、うれしげな目顔で、頭をさげ、

「ご厚情のほど、まことにかたじけなく存ずる。きっと、いずれ……」

と答えるのに、又四郎もていねいに一礼して、現場をあとにした。

溺死体発見者の五兵衛は残って、ミネだけが又四郎に従い、遠ざかるまで、二人とも黙々と歩いた。

「でも、あの娘さんの……」

ふとミネが言いかけて、奥歯にものがはさまったような止《と》め方をした。

又四郎、振りむかずに、

「娘が……何だね？」

「父親を見る目つき……じゃないけども……」

「ヘンだとでも……？」

「若旦那はご自分のお子を持ったことないんだから……」

「関係ないだろうさ、そんなこと……。娘の目つきがヘンだと思ったのか？」

「ヘンていうより……、お奈津さんていいましたかね、品のいい、きれいなひとだけど、生娘《きむすめ》（バージン）じゃありませんよ」

「フーン、そりゃ二十一にもなりゃ、別に、ヘンでもあるまいが……、鶴岡の頃はとにかく、江戸の猥雑《わいざつ》な下町でくらして、五年にもなろうというんだから……、それはそれでも、いっこうにかまわんじゃないか……？」

「女のことは女にしかわからない〝感〟があるもんですよ」

「感な……、それで？」

「お奈津さんは父親の肩持ちしないと言ってたけど、口は重宝《ちょうほう》なもんだから、母親を憎んでいた気持ちのほうは、おくびにも出すまいとするはずですよ」

「ミネは〝殺し〟の疑いを持ったのか？」

又四郎、振りむいてミネの表情をさぐった。

ミネは首を強く横に振った。

「とんでもない。まちがっても、実の母親に凶行するようなお奈津さんじゃありませんよ。心そこ、両親思いの、勝気だけど、こころ根のおやさしい娘さんだと、オレは見たんだけどねえ……、それに、人一倍利口で、智恵も備わっている娘さんにちがいないし……」

真剣そのものの表情でミネは並べたてた、が、又四郎のよみがえった記憶では、白髪《しらが》まじりの熟年婢《ひ》の切れ長な目に、時たまあらわれる潤《うる》み――二～三十年も若返ったような艶々《つやつや》しい光がさしているのを認めた。

又四郎は会話の進行がスタートから予想しないレールへいつのまにか切り換わってしまったことを感じて、なお、百%の納得とはいかない、ミネの奥歯にはさまっている残滓《ざんし》を認めながら、

「人並みすぐれた学者武士に〝腰抜け〟の罵倒《ばとう》を、再三浴びせかけたという、カカァ天下もいいところの一方的な亭主いじめだ。創案ひとつの能もないバカ～アホーのくせに、大

昔から島国日本を骨の髄《ずい》まで食いものにしてきた役人天国だ……、礫《つぶて》勝叉《かつまた》のタテマエ(正《せい》)じゃあ、もう、メシ食ってる必要もねぇんで、ホンネ(負《ふ》)でくらそうと思ったあげくに、飢え死に覚悟で親代々の八丁堀廃業、いや、異母弟《おとうと》のやつに譲ったんだからな、家を潰《つぶ》したことにはならんが、トンズラしてしまった雨月蓬野のおれだよ。根岸(肥前守)さまのような後楯《うしろだて》があったのは、万に一つの幸運だとしてもだ……。ミネに宮舘文左衛門の子細がわからんのは、ま、無理もないが、おれとおなじ道を歩いてきた一人さ、清白士《せいはくし》のな……」

「せいはくし……?」

「清廉潔白な士のことさ。打首《うちくび》、つまり、処刑されないですむ、不適任～役目返上という極限《ぎりぎり》の処し方をしたのは、妻子《さいし》のためを考えた、情《じょう》の厚い人柄のせいだろうと思う」

「……でしょうねぇ」

「追放で助命されたんだから、清白士ではあっても、ホンネに殉《じゅん》じた犠牲《ぎせい》士とはいえんだろうが……」

「フーン、ねぇ……!?」

(ちぇっ、あの仁《じん》にかこつけて、おれのことを皮肉ってるようなものか……)

内心、苦笑しながら、

「と申しても、渇《かつ》しても盗泉《とうせん》は飲まずを貫《つらぬ》いたひとだ。万人に一人いるかどうか……。それを郁江なる妻女は〝腰抜け〟と……、ウーン、ムム……、貧窮の生活《くらし》とは申せ、あの肉付きの（いい）色っぽさじゃあ、どう見たって、栄養不良とは思えん。娘の話をきいてる途中で気が付いたんだが、例えばのことなんだがね、メザシ五ひき焼いたとすると、父と娘は一ぴきずつ食って、母上さまには三びきだったにちがいなかろうよ。父娘《おやこ》の姿でピンときたのさ」

「さすが、若旦那だ、いわれてみりゃ……」

「おれなら打《ぶ》った斬《ぎ》っただろうよ」

「わかりますよ、ウン、まして、お侍《さむらい》だもの、腰抜けっていわれるほどの侮辱はこの世にないんだものねぇ……、女のオレだって、そんなこといわれりゃカーッとなって、勝手（台所）にとびこんで、出刃《でば》（包丁）もちだして……」

「ぐざッ、とやらん替わりに、お奈津は泣いて母上さまをなだめる一方で、母親を憎みきったはずだ、たぶん、気が狂うほどにな。娘の母親にいだく情は情で別ものだ。何もヘンじゃない。あの程度のかいつまんだ話で、根掘り葉掘り詮索《せんさく》するまでのこともしなかったが、腰抜けは一例で、何十もの罵詈《ばり》があったもんだろう。娘が憎しみの塊《かたま》りに化していたとしても、当然すぎるほどだ。でないとすりゃ、それこそ奇怪だ。あたり前すぎて、とやかくいうお前さんのほうこそ……」

「ヘンだって？　若旦那……」

「うん、年の功を積んだミネらしくもないってことさ」

「そうなんだけど、ただね、娘さんの目つきが、オレの感じゃあ……」

「母親への悲しみとは別に、父親への同情が強すぎるという、それだけのことだ。おれの印象、あの娘の胸の奥まで見ぬいたつもりだが、清白士宮舘文左衛門の処世をよーく理解して、納得していることだ」

「まさか、若旦那のひいき目で……」

「何でおれがひいき目を持たなきゃならんのだ？」

「ン、う……」

「三十六年もおれとはなれたことがないミネのくせに、いまさら、バカにするようなこというなよ」

「バカになんか一度もした覚えなんかないんだけど、そういわれるんなら……、はいはい、わかりましたよ、ひいき目はオレの思いすごしだと思って……」

「ウン……？　それならいいけどな……、ちょいと腹減った、ミネはどうだ？」

「戻ったらすぐ食べられるようにするから、若旦那……」

又四郎、最近のいつもの伝《でん》で、

（仕様ないことかも知れんが、雨月蓬野のおれにむかって、いい加減、若旦那だとか、坊ッちゃんとか、止めてくれ。雨月庵先生なんて呼ばせるのも、ミネ相手じゃあコッケイもいいとこだし、おれがこの茅屋《ぼうおく》のメシ代稼ぎにはちがいないんだから、若《わか》を消して、結局は〝旦那〟と呼ばせるしかないかも知れんて……、まあ、近日中にも当人と談じて、そうするとするか……？）

と溺死事件への関心を過去——過ぎ去った永遠の一秒後へ押しやりながら、

「夏至《げし》に近いから暮六ッ（日没、じっさいは午後七時過ぎ）には、だいぶ間《ま》があるな……、また降りそうだ」

と重苦しく垂れこめた梅雨空を仰ぎ、なおかつ、ミネの奥歯にもののはさまった残滓を払拭《ふっしょく》しきれない思いをひきずったままで、柳島村東はずれの雨月庵へ、南水路沿いの農道を、やや急ぎ足になった又四郎であったが……。

やがて——日暮れ。

ふたたび梅雨空はくずれて、無風に近かったが、しとしと……のすすり泣きから、次第にざんざ降りへ……。

宵が深まる頃、雑木林の一隅にぽつんと孤立する茅屋雨月庵の囲炉裏《いろり》ばたを鈍《にぶ》く染める行灯《あんどん》あかりは、木立を叩く墨《すみ》を流した闇の底に閉じこめられていた。

南蔵院境内の小屋へもどった郁江の骸《むくろ》も、小林助三郎の差配《さはい》に応じて、万事《よろず》、南蔵院の坊さんの引導で『三途《さんず》の河』を送り渡してくれることだろう。投身か？　誤っての転落事故か？　どちらであろうと、問題ではない。溺死した当人にしかわからない。

と又四郎は永遠の一秒後へ押しやったはずであるにもかかわらず、心情は梅雨の闇に閉じこめられたまま、

「おればかり飲んでもつまらねぇ。たまにゃ、お前さんもやれよ、な」

「相伴《しょうばん》さしていただきますよ、オレだって気色《きしょく》わるいんだもの……」

ミネもよろこんで、ちびりちびり……がエスカレートして、ぐいぐい……、すぐまっ赤になり、酔っぱらってしまった。

「若旦那ぁ、オレ……」

「とっくの昔に若旦那じゃねえんだ、雨月……、じゃねぇ、最大の妥協だ、旦那か又四郎さんとでも呼んでくれ」

「そうだね、若……、あ、いいなおしますよ、旦那!!」

「よし。これでようやくホーッとしたなぁ、アハハハハ……」

「ウフフフ、フフ……、あたしゃボーッとなって、ちょいとばかり目眩《めくるめ》くよ、旦那……」

「無礼講にして、おれみたいに胡坐《あぐら》かきゃよかろう」

「う……、ウン、そいじゃ、若……、旦那の言葉に甘えることにして……」

お座りの姿勢を変えたミネ。

声高《こわだか》に笑っている最中も、又四郎の想念は宮舘文左衛門の『悲惨な苦悩』を反芻《はんすう》していた。

——徳川四天王の第一号になった浜松七変化村出身の願人坊浄賢は、家康が三河松平一族を抹殺する過程で、松平蔵人《くらんど》元康（故人）の筆頭重臣・酒井将監忠尚《しょうげんただひさ》を殺して、酒井姓を乗っ取り、酒井忠次と名乗る。

——忠尚を殺した（絞殺）下手人は、同じく徳川四天王になった榊原康政で、康政の正体は伊勢白子浦《いせしらこうら》（現・四日市《よっかいち》の南港《みなみこう》）の怪力少年漁夫小平太《こへいた》である。

——偽史では、忠尚は忠次の親族で、松平元康改め徳川家康に対して『反服』をくり返したあげく、さいごは今川氏真《いまがわうじざね》に内通して、自殺に追い込まれる。

将軍吉宗〜大岡忠相ラインといえども、一度は公開された尾張側による『家康グループ真相あばき』のすべてを、闇から闇へ葬り去るのが不可能なことは、世界史のいかなる事例——情報システムが極限に達した『アメリカ・ケネディ暗殺事件』ひとつに徴《ちょう》しても、わかりきったことだ。

重要公認史(～資料)のトップを占める偽造『三河物語』の著者大久保彦左衛門《おおくぼひこざえもん》も共犯者となって、二重～三重に偽装された偽譜～偽史とは似ても似つかない事実を、むろん、知悉《ちしつ》しているウルトラ・マイノリティ(極少数派)の一人が、根岸肥前守であり、勝又又四郎であった。

そして、四天王の名門『庄内藩酒井家』の家譜編集責任者を返上……せざるをえなかった宮舘文左衛門も、である。

もし、事実材料に関して一言半句でも具体的に文左衛門が提示、あるいはだれかに洩らしたとすれば、いったい、どういう結果になるか?

——始祖の徳川四天王、酒井左衛門尉忠次公は、俘囚(差別人)あがりの殺人・強盗犯であった!!

のみならず、全国の大名酒井(八家)・旗本酒井(三十七家)は、その子孫、またはその一族である。

連座(連帯責任)の体制からして、文左衛門の極刑だけでは、けっしてすむものではありえない。

将軍吉宗の孫で寛政《かんせい》改革を決行した松平定信《さだのぶ》の退陣後、幕府中央は年ごとに屋台骨がゆらぎ、能力による人事関係もきわめていい加減なものになりつつあって、外《そと》からの指弾を

浴びる、

——バカ&アホーどものしがみつく20世紀末左翼幼稚園児首班・村山売春政府。に近づいてはいたものの、当主酒井忠徳《ただのり》の庄内藩は、日本列島屈指のきびしさを失っていない、がっしりとした堅固を誇る『独立封建共和国』である。

「いやぁ、わかる、わかる、よーくわかるて……」

と又四郎、盃《はい》を宙《ちゅう》に支えたままで、半《なか》ば独《ひと》りごと。

「ン、何がですよ……？」

「あの仁《じん》の気持ち、追いつめられた苦しみさ、宮舘文左衛門の役目返上した……」

「へぇっ……、オレ、さっぱり見当もつかんけどさ……」

「なあに、いいんだ、ミネに見当つかんでもな……、ン？」

「そうですかねぇ……」

と座りかけている目を閉じながらひと息にぐっ……と干したミネの、胡坐《あぐら》の裾《すそ》が割れていることに彼女自身は気が付いているのか、いないのか？　ハッとするほど瑞々《みずみず》しい、白く、艶《つや》っぽいミネの内腿に又四郎の視線が貼りつき、途端、ふらちな反応をおこして、毘《び》沙門《しゃもん》起《だ》ちのびーん!!

「ミネ……」

「ひゃ……、ンまっ……」

ミネの手首をつかむと同時に、形だけさからおうとするのを引きよせながら、そのまま行灯《あんどん》の囲炉裏ばたに横倒れ……、すばやく、左の触指を這いこませて、濃からず薄からずの毛に保護されたワレメを的確にさぐり当てた又四郎。

「あ……」

「去年暮れの煤《すす》払い（12月13日）に、ミネの御○○チョ、煤払いさせてもらったあとは、三月三日のヒナ祭りだったなぁ、ココ（陰門）のヒナ祭りしたのは……」

「あ、あ、あ……、ンふ、ンふ……」

鼻声でミネはうなずくばかり。

「きょうは、ミネの還暦祝い……じゃねえ、前祝いといこう、どうだい？」

「いいよ、前祝いで……、あ、ああ……、ンふ、ンふ、ンふ……、ただね、あの娘さんの、目、目つき……」

「余計な話、もう、くり返さんことだ……」

「ウン……、あ、あ、あ……、ンふ、ンふ、ンふ……、ンぁ、ンあぁぁぁ……」

すでにぬるぬるからベトベトに化していたミネは、又四郎の帆柱を根もとまでのみこむその途中で、はやくも、きゅっ、きゅきゅっ……、熱い〆《シメ》付け開始、うわごとといってい

い調子で、
「嘻《ああ》、嘻、坊っちゃん、坊っちゃん……、ンぁ、ンぁ、ンぁ……」
ザ、ザーッ……、梅雨の闇を洗う雨音はいっそう烈《はげ》しくなっていた。

春愁かげろうの行方

1

朝から陽《ひ》ざしが強く、昼すぎる頃には、風通しのいい縁側の日蔭にじっとしていても汗ばむほどである。

梅雨《つゆ》が明けて数日たっていた。

「この暑さ、当分つづきそうだな。カミナリでもきてくれるといいんだが……」

障子《しょうじ》にもたれて、手足を投げだしたまま独《ひと》りごとを言いながら、夕立を期待する又四郎《またしろう》の耳へ、

——ウワー……、ワー、ワー、ワー……

あわてふためくわめき声が、庭さきの前方にひろがる雑木林の小径《こみち》からきこえて、

（ン？ テッポー又《また》の声らしいが……）

と思うまもなく、

「大変じゃ、大変じゃ、大変じゃあ、勝又《かつまた》の旦那ぁ……」

雨月庵《うげつあん》の土間へ駈けこんだのは、亀戸《かめいど》村の又右衛門《またえもん》で、又四郎と同年の農夫。

南水路（灌漑溝《かんがいこう》）の南側、荒川《あらかわ》寄りに住んでいる中農で、まい年、一升《しょう》（1.8リットル）

の新米を、――今年の味だよ、どうだい。

と又四郎に恵んでくれる男である。

(カミナリの代わりにテッポー又の出現とは……?)

首をかしげながら囲炉裏《いろり》ばたへ立った又四郎、

「いったい、どうしたんだ、何があったんだ?」

汗まみれの顔が蒼《あお》ざめ、半分、泣きっ面《つら》になっているのを見て、ピーンと直感、さきまわりして、

「かみさんに逃げられたんじゃないのかね、お前さん……」

「そうなんだよう。嬶《かか》ぁのやつ、情夫《いろおとこ》つくりやがって、いつ頃だか見当つかねえんだが、昨夜《ゆんべ》のうちに消えちまったんだ。隠れてやしねえかと思って、となり近所、さがしてみたけどよ……、どうしたらいいもんだか……」

言いながらベソをかきだす又右衛門を、板敷きの上《あが》り框《がまち》にあぐらをかいた又四郎は、腕を組んで、思案顔で注意深く見守った。

(いずれはこうなるだろうと思っておったが……、はて……?)

又四郎、すぐには適当な言葉が出てこない。

男と消えた又右衛門の女房は、一昨々年《さきおととし》、先妻が三人の子を残して急死した八カ月後にむかえた後妻であって、素姓は本所大横川《ほんじょおおよこかわ》の清水《しみず》町に住む木戸番夫婦の娘で、これも一人子づれの再婚であったが、年は又右衛門より一つ年上の三十七歳。

名前はお妖《よう》という。

妖は「妖《あや》しい女」の意味になるので、又右衛門と夫婦になった当時、話題を提供した。

——名は体《たい》をあらわすというから、ごたごたがおこりそうだ。ありゃ色気がありすぎる。

——いくら子づれ同士でも、テッポー又じゃあな、蝶番《ちょうつがい》、はずれちまうかも……？

テッポー又はアダ名であるが、鉄砲とは関係がなく、マジメ人間で律儀《りちぎ》な又右衛門が、あきれ返るほどの「大メシ食い」であることから、食っては抜け食っては抜けのテッポー虫にひっかけたもの。

まわりの蔭ぐちを耳にした又四郎は、ある相談ごとの席で又右衛門の再婚を大いに弁護して、

——なるほど、こんどのかみさんは確かに名詮《みょうせん》自性《じしょう》（名は体をあらわす）かも知れんが、名前にこだわっちゃいかんと思う。人別帳《にんべつちょう》（戸籍）に届けた親の気持ちは、妖を美しいと解したからだろう。妖がヘンだというなら、お艶《つや》もおなじことで、伊勢《いせ》山田《やまだ》の艶女《あんにゃ》

（売春婦）になってしまう。私は似合《にあ》いの夫婦と見てるよ。やっかみ半分の先入観は、人間だけのものじゃないから、まぁ、仕方ないとしてもだ。

と言って、居合わせた人々を納得させた。

その後、再婚夫婦は無事にすごしたものの、半年ほど前から、又右衛門の家に富次郎《とみじろう》なる二十歳の美青年が出入りするようになって、たまたま行きあわせた又四郎は、お妖を見る富次郎の目つきに「？」を認め、後刻、又右衛門に、

――気やすく出入りさせんほうがいいぞ。

具体的な言い方ではなく、ひとこと警告だけしておいた。

富次郎は竪《たて》川沿いの亀戸町に裏店住《うらだなずま》いする走り（便利屋）で、又右衛門への届け物が出入りのきっかけであったが、ぶらぶらしていることが多い。

危険性を感じた又四郎の警告が的中したのである。

（又右衛門はお妖にぞっこんだからな。この場かぎりのなぐさめじゃあ、何の意味もあるまいて……）

急ぎ答えを出した又四郎、

「心配するな。かならず、かみさんは戻ってくるぞ、きっとだ」

と断言した。

「そ、そうかね……」

「おお、そうだとも、きっとだ、おれが保証する」

「そうだといいが……」

「ぶらぶら者のニヤケ小僧といっしょになって、又右衛門の女房のような何不自由《なにふじゆう》ないくらしなど出来るわけはない。すぐ腹ペコになるはずだ。それに、自分の子を置いていったのも、それだけの覚悟が出来ておらん証拠だ。かみさん、一時《じ》の迷いだ。迷ったのは、お前さんに何となく物足りなさを感じておったせいもあるだろうが、たいしたことじゃあない。早けりゃ半月、おそくてもひと月内《ない》に、詫びを入れて、きっと戻る」

同時に、

（五分五分だろう。おれに千里眼《せんりがん》の持合わせはないからな）

と思いながら、

「戻ってきたら、責めたり怒ったりするかわりに、うーんとかわいがってやることだ。それを忘れんことだよ。心配するな、又右衛門、お前さんはあたふたせんで、気長に待ちさえすりゃいい……」

言葉の真実性&ペテン性を使い分ける元町奉行所役人勝叉又四郎こと黄表紙作者雨月蓬《ほう》野《や》の説得に、又右衛門の打ちのめされた顔は一秒ごとに生気を取りもどし、うん、うん……と何度もうなずいて、いまし方のベソかき面が消え、駈落ち女房待ちの人待ち顔に変わっていった。

「相談にきてよかったじゃ。おかげでホッとしたじゃ。すまねぇ、カカのやつ、けぇってきたら、旦那のいうとおり、うん……」

「万が一、万が一だぞ……」

「う……？」

「当てが外《はず》れることがあっても、この私が見本みたいなもんだと思うが、男は女がいなくてもいいし、女は男がいなくてもいいし、おたがい、いっこうにかまわんということだ。たまたま、手の届くところに女がいれば、手を出す、いなければ出さん。女から男を見ても同じことだ。それをわきまえてさえいれば、ホレたハレた、逃げた、裏切った、捨てた捨てられた、あるいは、たった一つの魔羅《まら》と魔ンコで偕老同穴《かいろうどうけつ》を契《ちぎ》ったとか契らないとか……、何ひとつ騒ぐには値《あた》いせん、すべて、ばかばかしいものでしかなくなるということだ。徒然草《つれづれぐさ》という本を書いた昔の人も、ちゃんと教えてくれてるぞ。いいかな、又右衛門、よく心得ておくことだ、あたふたせんためにな」

と又四郎は付け足して言った。

又右衛門、わかったともわからないとも答えかねる目つきでうなずきながら、

「じゃ、おれ、探しまわるのやめて、家《うち》へ……」

「とにかく、待ってみることだ」

又右衛門が戸口へむかうのと入れちがいに、

「ごめんくだされ、失礼つかまつる。先日、ご迷惑をおかけ申しました宮舘文左衛門《みやだてぶんざえもん》にござる」

と言って、見覚えている総髪《そうはつ》の浪人が入ってきた。

そのうしろに娘の庄内美女《しょうないびじょ》・奈津《なつ》（21歳）がつづく。

「や、あの時の、宮舘さん……」

又四郎は座りなおした。

一カ月ほど前の溺死事件の検死現場を見ていない又右衛門は、だれだろう？　と振り返りながら去っていったが、文左衛門（48歳）父娘のほうは、又四郎が話し中であったため、玄関土間口の蔭に、おわるまで佇《たたず》んでいたらしい。

2

「よく見えられましたな。史伝《しでん》のことで教えを仰《あお》ぎたいと存じて、いちど、お訪ねしたいと思っておりました。さぁ、さ……」

徳川《とくがわ》偽造史の問題に結びつけて大歓迎の又四郎は、縁側の日蔭へ父娘を招じ、二人ぶんの座布団《ざぶとん》を出してから、大声でミネを呼んだ。

「おーい、お客さんだよう……」

ひと通りの野菜は作っているが、天麩羅《てんぷら》の材料に木ノ実・木ノ葉・野草を加えるため、裏の雑木林へ入ったきり。いちばん暑い日盛りなので、竹骨の母衣蚊帳《ほろがや》をかぶって、夕餉《ゆうげ》支度にとりかかるまで木蔭《こかげ》の納涼をきめこむつもりだろう。

又四郎は二回よびかけて戻った。

「いや、どうか、お気をつかわれずに……」

頭をさげる地誌～史学者の父親につづいて、

「突然、お伺い致し、雨月先生に余計なご迷惑をおかけ致しまして、申しわけございません……」

と娘が手をついた。

又四郎、恐縮する父娘を笑顔で見くらべながら、

「固苦しくなるのも時と場合によりけりですよ。せっかく見えられたんだから、きょうは存分にお話ししたいものです。ご覧の通りの雨月庵で、格別のもてなしというわけにはい

と言った。

「きませんが、家の婢ミネが……といっても、私が生まれる前からの奉公人で、母親のようなものですが、暑気払いにミネ十八番のてんぷら、こりゃ美味いですよ、てんぷら揚げることになってるんで、ちょうど焼酎もあるし、この雨月庵に泊まられるつもりで、ひとつ、つきあっていただきたいと思ってるわけですから……」

と言った。

娘奈津が雨月先生と口にしたことは、母親郁江《いくえ》（42歳）の荒川溺死事件を扱った本所回り古参同心小林助三郎《こばやしすけさぶろう》から、勝叉又四郎のプライベートをすべて聞いている証拠にほかならない。

梅雨の増水さ中におこった溺死事件が、左のような因果関係による一つの暗い終着点であったことを、又四郎は振りかえっていた。

徳川家康《いえやす》四天王酒井忠次《さかいただつぐ》の直系――庄内藩（山形県鶴岡《つるおか》）十四万石の酒井家。家譜《かふ》（藩史）編纂《へんさん》の責任者として事に当たった宮舘文左衛門は、かつて、尾張《おわり》の徳川宗《むね》春《はる》グループがあばいた既存の『偽造公認史』に突き当たり、

――東照神君家康の生涯をはじめ、四天王の藩祖酒井忠次の素姓～行動がすべてウソであったこと、徳川創業期の顔ぶれについてもオールペテンであったこと、また、御三家筆頭の尾張家が宗春で事実上の絶滅へ追いこまれた真因も、吉宗《よしむね》倹約令に対する反抗などは

口実にすぎず、家康の正体あばきに吉宗が宗春死刑に替えて復讐《ふくしゅう》したものであったこと、etc。

を知って、悩んだあげく、適任にあらずの理由で役目返上——五年前、追放の身となった。

最初から役目返上に反対した妻郁江は、出府後の貧乏ぐらしに甘《あま》んずる夫を、

——腰抜け!!

とことごとに罵《ののし》り、くり返した果て、雨の五月闇《さつきやみ》へととびだして、翌日、荒川辺りに溺死体で発見された、が、朝のうちに捜索願いが出されていたこともあって、事故死or身投げのどちらかだろう、という判断でケリがついた。

検死に当たった小林助三郎の頼みで再検死に応じた又四郎は、かえり途《みち》、同道のミネに答えて、

——学者の良心に殉《じゅん》じた宮舘文左衛門は、万人に一人の清白士《せいはくし》だと思うが、父親の肩を持つあの娘は、実の母親を憎みきっていたはずだ。当然すぎるほどだ。

と言って以来、文左衛門の来訪を心待ちにしていたものである。

まもなく、ミネが収穫物のカゴと蚊帳をかかえて戻った。

挨拶《あいさつ》した。

又四郎の前置きがあったせいで、婢とわかっていながら、父娘のほうも座りなおして丁重に挨拶する。

「突然、お伺い致しまして、ご迷惑をおかけ致します……」

と奈津に叩頭《こうとう》されて、ミネはびっくりまなこで又四郎のニヤニヤする顔いろを見てから、

「あの節は、ほんとにお気のどくで、大変なことでございました……」

と言った。

夕餉の支度をはじめる前に、ミネは風呂をたてた。通りぬけの裏口のつるべ井戸から十メートル近い距離を置いて独立した風呂小屋があり、浅草に住むミネの息子・指物師《さしものし》の弥平次《やへいじ》が建ててくれたもので、五右衛門風呂とよばれる釜風呂を据《す》え、簀《す》の子《こ》のゆったりした流し場には、一畳ほどの脱衣場も仕切られている——という、腕のいい指物大工が精魂こめて造ってくれた、ミネ自慢の風呂。

新しく水を汲《く》み入れている気配を知った奈津が、反射的に座をたち、

「お手伝い致します……」

と言うので、またびっくりしたミネは、

「とんでもない、オレの仕事なんですよ」

と答えたものの、又四郎と文左衛門が交《か》わすであろう談議に奈津はむしろ目ざわりになるかも知れない、と考えなおしたものか、

「せっかくだから、じゃあ、お奈津さまに火の工合でも見ていただくことにしましょうか……」

手伝いを受け入れて、大よろこびの大ニコニコ。

入浴につづく夕餉のもてなしぶりが「出来るかぎりのもの」になった、という効果を生んだが……。

「宮舘先生、この私も、何とか……」

「あ、雨月先生、お待ちくだされ……」

「……と申しますと？」

「どうか、先生よばわりなどは勘弁してくださらんか……。鶴岡の頃は左様に呼ばれたこともありましたが……」

「そんなら私も同じことですよ、ウッフッフッフフフ……」

「なるほど、フフフ……」

又四郎と文左衛門の会話は、終始、低声～小声で、時には、耳打ちするような調子にさえなった。

「宮舘さんと同様で、手前も何とか本音《ほんね》の生き方をしたいと願望しまして、好都合なことに、異母弟《いぼてい》がいたこともありまして、これに継がせたというわけですが……」

「羨《うらや》ましいかぎりですな」

「それが、一応は何とか凌《しの》いでいるものの、黄表紙の世界も同じで、ウソをウソと承知しながら、ウソ八百でしか生きられない。尾張宗春の事件は、（徳川）権力の屋台骨を土台から危《あや》うくすることになりかねないので、政道上、徹底した目隠しもやむを得ないと思いますが、伊達《だて》騒動ひとつを見ても、何から何まですり替えのお家騒動に化けた〝伽羅先代《めいぼくせんだい》萩《はぎ》〟がまかり通る有様で、ことの真相については、おくびにも……」

文左衛門はさえぎった。

「いや、同じことです。宗春公の一件と同じ結果につながります。私の旧主家《しゆか》（酒井）についても同様です」

「やはり、ホンネで生きようとすれば、命が百あっても足らぬ……？」

「左様……。虚偽《きよぎ》に立ちむかって命を落とすことのばからしさ……といいましょうか、いのち惜《お》ししの気持ちに妻子への気持ちが重なって、私は役目返上の道を選びました。タテマエのいけにえとして処刑されるよりは、野垂れ死に、飢え死にの行末《ゆくすえ》であるとしても、まだよかろうと存念しまして……」

「まちがいであったのかどうか、私にはわかりません。娘は、まちがっておらぬ、おのれを信ぜよ、と言いますが……」

「なるほど」

「うーん……。正否を決める僭越《せんえつ》なモノサシは私にもありませんが、私が宮舘さんの立場にいたとすれば、たぶん、同じ処し方をしたと思います」

文左衛門はうなずいて、つかのま、沈黙がはさまった。

何を話しているのか、井戸傍《いどばた》からミネと奈津の笑い声がきこえた。

「雨月さんには埒《らち》もない取越し苦労と受けとられるでしょうが、近ごろ、気にかかることが一つありまして……」

「何です？」

「いまの世が永久にこのままつづくわけのものではありますまい……」

「そりゃそうでしょう、過去の動乱、転変が語ってることで……」

文左衛門の目が宙の一点を睨みつけるように険《けわ》しくなった。

「例えばです、江戸開府以来の世の仕組みでは、旧主家初代（酒井忠次）の正体が偽譜《ぎふ》（偽造史）に隠されたまま、名門の流れを誇って天下に通用し、世人《せじん》を恐懼《きょうく》せしめることも、政道上、余儀《よぎ》ない必要なことであるならば、ウソも方便でありますことを認めたうえで、目をつぶるより致仕方ありますまい。私が役目返上にさいして、一言半句、偽譜に触れることなく、不適任の名目《めいもく》のみで押しとおしましたのも、いのち惜ししに加えて、ウソも方便の必要を容認することが出来たからでありまして……、そのかわり、もし、恥知らずでないならば、虚名にすぎぬ学者を廃業することで、せめてもの面目を立てなければなりますまいが……、それはそれで、当世に限るならば、致仕方なしですみましょうが、いつか、別な世の仕組みが到来したとき、はたして、目隠しがとり除《のぞ》かれるかどうか……。過去が見えぬ者には現在も見えぬといいますが、旧主家初代の例が語るように、遠い過去に遡《さかのぼ》ればのぼるほど先住（民族）の事蹟《じせき》が消されて、偽譜ばかりが大手をふって今におよんでいると見受けられます。となれば、未来も同様ではあるまいかと考えられるゆえ、私の……、おのれみずから進んで主家放逐《ほうちく》に甘んじた苦しみも、いったい何であったのか……、取越し苦労といわれそうですが、猿回しのサルよりもこっけいなものに私の姿が見えてきまして……」

宙を睨《にら》んだまま絶句する文左衛門の目にうすく光るものを、又四郎は見た。

（大問題を投げつけ、いや、蒸《む》し返してくれたわい。ここにお奉行が居れば、何と言うか？）

と思いながら又四郎も沈黙。

蟬《せみ》の声がひときわ近くなった。梅雨あけにともなって一日ごとに増えているが、蟬しぐれには間《ま》がある。

――偽譜の未来はどうなるのか？

町奉行根岸鎮衛《ねぎしやすもり》＆黄表紙作者雨月蓬野が、確答のない予測をくり返している設問であって、さいごは、

――何だかんだ言ってみても、なるようにしかなるまいということだ。

と苦笑《にが》いの顔を見合わせておわる、が、文左衛門の自嘲には深刻なひびきがあって、奇遇といっていい又四郎との邂逅《めぐりあい》から過去を改めて振り返ることで、憤怒のくやし涙を禁じ得なくなったか⁉

当然だろう。いざとなれば、無責任な『評論家づら』でハイ・サイナラ（も）できる雨月庵先生とちがって、宮舘文左衛門は進行舞台の主演者であり、幕の袖《そで》に横目をつかうゆとりもなかった立場である。

旧主家初代――庄内藩祖酒井左衛門尉《さえもんのじょう》忠次・家康四天王の筆頭・三河坂井《みかわさかい》生まれ・清和源氏支流の名門（偽譜）。

その実体は、

――イスラムと同根の海人族・古平氏《こへいし》（清盛《きよもり》の平家は別）でありながら偽《にせ》系図を作りあ

げて源氏（新羅人《しらぎ》）を詐称した足利《あしかが》～今川《いまがわ》権力体制から、政治的に差別～隔離～差別人化された先住諸民族の収容所《ラーゲリ》（限定地という。俗に因地《いんじ》）が、駿河《するが》・遠江《とおとうみ》にも多数あり、遠州浜松《はままつ》の七変化部落もその一つで、七ノ者とよばれ、願人坊《がんにんぼう》の常真《じょうしん》（もと常光《じょうこう》）一家を中心に日本列島版ジプシー生活を営《いとな》んでいたが、途中コースをとばしてゴールインだけを取りあげると――信長《のぶなが》と義元《よしもと》の手ちがいから偶発した桶狭間《おけはざま》騒動現場（合戦などではない）のどさくさにつけこんで、常真一家の願人坊ジプシーグループが『にわか盗賊団』となって旗上げ、最終的には江戸三百年体制を作りあげる、そのジプシーグループの最年長者が常真（故人）の長男常賢《じょうけん》（34歳）、すなわち、酒井忠次であった。

桶狭間時点における常真一家のメンバーと年齢は左の通り。

――常賢（酒井忠次34）、浄慶《じょうけい》（家康19）、宗哲《そうてつ》（板倉勝重《いたくらかつしげ》19）、弥八《やはち》（本多正信《ほんだまさのぶ》23）、彦右衛門《ひこえもん》（鳥居元忠《とりいもとただ》23）、忠蔵《ちゅうぞう》（大久保忠世《おおくぼただよ》30、彦左衛門《ひこざえもん》1歳の長兄）、次助《つぎすけ》（大久保忠《ただ》佐《すけ》23）、大八《だいはち》（22、この年、野盗のまま討死に、大久保忠包《ただかね》と追称）、八蔵《はちぞう》（本多重次《しげつぐ》31、お仙《せん》泣かすな、で有名）、以上九名。

一家のほかに五人が加わって旗上げメンバーは一四名。

――新三《しんぞう》（高力清長《こうりききよなが》30、家康と同じ駿府因地のササラ者）、又五郎《またごろう》（天野康景《あまのやすかげ》23、同じ駿府因地のササラ者）、小平太《こへいた》（榊原康政《さかきばらやすまさ》13、伊勢白子《いせしらこ》浦、現四日市《よっかいち》市南港の怪童漁夫）、藤助《とうすけ》（林三河守政光《はやしみかわのかみまさみつ》24、信州収容所《ラーゲリ》の鍛冶工《かじこう》）、源三郎《げんざぶろう》（久松松平《ひさまつまつだいら》の祖久松俊勝《としかつ》39、沼津《ぬまづ》収容所《ラーゲリ》出身、家康の叔父。途中、大河内《おおこうち》源三郎と名のり、甥《おい》家康の三河・遠江奪取の過程で、高天神《たかてんじん》城の土牢に七年間閉じこめられる。初代掛川《かけがわ》城主となる）。

――願人坊兄貴株の常賢は、家康が今川の三河代官松平蔵人元康《くらんどもとやす》（公認史の家康）と子の岡崎三郎信康《おかざきさぶろうのぶやす》（公認史の家康長男）をふくむ松平一族を一人のこらず抹殺し、ジプシー仲間で全員の首をすげ替えていく過程において、松平の筆頭重臣・酒井将監忠尚《しょうげんただひさ》を殺して酒井姓を乗っ取り、酒井忠次と名乗る。

――酒井忠尚殺しの下手人が、同じ四天王になった榊原康政（怪力少年小平太）で、忠尚を素手《すで》で絞殺。

――公認史では、酒井忠尚は酒井忠次の親族で、松平元康改め徳川家康に対して『反服』をくり返したすえ、今川氏真《うじざね》に内通して、自殺に追いこまれた――と偽装されている。

文左衛門の生々しい悲憤ぶりに触発をうけた又四郎は、

（なるようにしかなるまい……では、だめだな。ケリをつけておく機会だ）

と思いながら、

「いま言われたことは取越し苦労じゃありませんよ、決して……。そうです、宮舘さんの取越し苦労ではない」

「杞憂《きゆう》ではないと……?」

「そうです。杞憂におわるものなら、これまでにもっと何とかなってるはずだ」

「いや、しかし、世の仕組みが変わりさえすれば、偽譜を剝《は》いでも、きょうの政道には何の関《かかわ》りもないはずだ。私のように命を落とすか落とさないかで苦しむこともありますまい」

「だめです。それは、人間が文字を使いだした大昔からくり返されてきた、とっくに実験ずみのことで、いまさら先に望みをかけても、画《え》にかいた餅となるのが関《せき》の山でしょう」

「それでは、史伝《しでん》（歴史）の名を騙《かた》る詐欺《さぎ》でしかないことになりますな」

「そうですよ、その通りですよ、人の世がつづくかぎり……、まぁ、言ってみれば、ご存じの阿波《あわ》踊りだ」

「踊るアホーに見るアホー……!?」

「左様、フフフ……、人間の見栄とか、名誉欲とか、自惚《うぬぼ》れとか、畏怖《いふ》とか……、尊と侮蔑《ぶべつ》もふくめてよかろう、もろもろの思念～情念なるものは、その程度の台に乗っかって、勝った負けたと騒いでる代《しろ》ものでして、サルでありながらサル回しのつもりでいる、ということです。ただし、私は別だなんて思っちゃいませんよ……」

た。

「うーむ……」

文左衛門、目玉シロクロの為体《ていたらく》……、スフィンクスを見るような視線を又四郎にむけた。

――赤信号みんなで渡れば恐くない《ビートたけし》
を予知～予見していたわけではないが、阿波踊りに譬《たと》えて、

――偽造史は永久に公認史としてまかり通るはずだ。

と断言した又四郎は、口調を改めて、

「異邦（欧米）の史伝事情について詳《くわ》しいことは手がとどかず、比較するほどの自信もありませんが、手のとどく範囲ではっきりしていることは、大昔からのどの時代を見ても、支配する者とされる者に都合のいい文字だけが生き残ったことです。事実《まこと》か虚仮《こけ》かの問いは、どうでもいいことで、時の都合で、白が黒に、黒が赤に、際限なく変わる。これからも同様でしょうが、何故《なにゆえ》、いい加減なのか？　その最大の原因について、私は結論を出しました……」

「ほほう……？」

文左衛門、膝を乗りだしそうにする。

「奉行所の町回りをしていた頃からの懸案です。無数の顔を見て、どれが日本人の面《つら》なの

か、これだという基準の人相がない。江戸は列島南北の吹き溜《だま》りです。吹き溜りの江戸は、すなわち、世界の吹き溜り。あらゆる人種の吹き溜りが日本列島だとわかりました。これだと思いました。早い話が、私の面《つら》と宮舘さんの顔……、いずれが日本人の人相を代表するのか？　無理でしょう、答えは……」

「言われてみれば……、うむ……」

「日本人なるものは居《い》ない、存在しておらんのですよ」

「な、なに……!!」

「まぁまぁ、お静かに……、こんなことで、名誉の、沽券《こけん》の……などと角《かど》たてられてはこまる。事実を指摘しただけのことです」

「いや、左様な……」

「固有の日本人がおらぬ全人種の吹き溜りに、学問上もふくめて、明確な規範を持てというのが、そもそも無理なはなし……、ウソをウソと承知しながら狎《な》れ合って、何ごともすり替えの似非《えせ》義理人情で、いい加減にしか生きられないのが当然である、ということになります。また、いい加減に生きることが最も安全で、かつ、よろしい。列島の風土も、いい加減な生き方に似合っているんだろうと思います……。ただし、偽譜の一件に殉《じゅん》じた宮舘さんや手前のごときヘソ曲がりや、支配することもされることもイヤな一ぴき狼《おおかみ》には、いい加減さがより重荷になるのも致仕方ありますまい……」

日本民族不在論にびっくりを通りこしてア然となった表情の文左衛門に、又四郎はノドの痞《つか》えが下りた笑顔をむけて、

「のっけから深刻な話にひきずりこんだ恰好《かっこう》で、滅入《めい》られたでしょうが……」

「いやいや、うれしいやらおどろくやらで……」

「手前も久しぶりでホンネをぶつけることが出来ます。あとは一杯やりながらでも……。裏の様子を見てきます……」

座を立って、縁側づたいに囲炉裏部屋へ入った、その鼻さきに奈津が佇《たたず》んでいて、これもア然とした顔である。両親に似かよった顔だちであるが、目が父親そっくりのせいか、内心の動きがストレートに出ているのを、又四郎は読みとった。風呂支度が一段落して戻り、いまの話を立ち聞きすることになったものだろう。

「あの釜風呂は雨月庵のあるじと似ておって、沸《わ》くのが早いのだ（女に手が早いのだ）」

立ち聞きされた日本民族不在論を又四郎はどこ吹く風と彼女の反応ぶりを黙殺し、ふざけた言い方をした。

「ンまぁ……」

スケベ心の食指を動かしている又四郎の情思を、奈津もまた読みとったとみえて、色白

の頬にうす紅《くれない》を散らしながら黒眸《くろめ》の多い明眸《めいぼう》を伏せた。

そのまま又四郎は裏へ出て行った。

3

「珍客に新湯《さらゆ》をおすすめ致すのは失礼と存ずるゆえ、まず、私が……」

と言って、又四郎がまっさきに逢魔《おうま》ガ時《とき》の汗流し。風呂場の掛け行灯《あんどん》には灯《ひ》が入っていた。

つづいて宮舘文左衛門。

「久方ぶりの内湯です。ゆっくり頂戴つかまつる」

「お流し致しましょう、お父上……」

と奈津も風呂小屋へ。

日没・暮れ六ッの鐘音が遠くきこえたあと、遠近の寺の鐘が重なりあい、それも消えて、まもなく、食膳の配置されている炉ばたと台所を往復するミネが、

「あの父娘、ヘンですよ、いっしょに入って……」

大徳利の燗《かん》や雑用の手伝いをする又四郎に伝えた。

「別にヘンじゃあるまい。呼吸《いき》の合った父娘だ。こっちの都合を考えて、早くすませたいだけのことさ。お前さんがあとに控えてるんだからな」

「そんなこと言ってるんじゃありませんよ……」

とミネは声を落として耳打ち、

「湯加減、訊こうと思ったんだけどね、流してるとこ焚口《たきぐち》から見えたもんだから……、それがね、背中こすってるんならいいんだけど、お奈津さんたら、うしろから手入れて、とんでもないところこすってたんですよ。アソコ握ってるんじゃないかと見ちがえるとこだったんだけど、そうじゃないようなんで、ホッとはしたんだけど……、むこうさんもオレに気がついて、あわててひっこめたようだから……」

「ふうん……」

「いくら仲のいい父娘だって、いい年した娘が、まだ男ざかりの父親のモノにさわるようなまねするなんて、ちょっと度が過ぎやしませんかねえ……。そりゃ、〝ずいずいずっころばし〟(医者ごっこ窮極の俗謡)で育った下町者《もん》ならわかるけど、れっきとしたお武家、それも程度の高い父娘なんだから、それこそ、男女七歳にして席を同じゅうせずのきびしい礼儀が、身についてるはずだと思いますけどね」

父娘不倫の間柄ではないのか？　と言いたそうなミネの口ぶりである。

母親の溺死事件にさいしても、ミネが釈然《しゃくぜん》としない言葉を口にしていたことを、又四郎は振り返って、

（女同士の〝感〟が、ひょっとして……）

いぶかしさを覚えながら、

「いや、妙な思いすごしをしちゃいかんぞ。あの父娘の精神的な絆《きずな》、心の結びつきは、男～女の区別を越えたものではないかと、おれは見ているんだ。だから、ヘンな意味じゃなく、父親の股《また》ぐらでも洗ってやれるんじゃないかな。そりゃ、じかに見ないようにするのが当たり前だろう」

とさえぎった。

ミネはうなずいた。なるほど、と納得した顔で、

「そうだね、やっぱり……、若旦那の観《み》る眼が狂ったことはないからね、オレなんかとちがって……」

と言いながら台所へ戻った。

呼び方を「旦那」に替えたはずのミネであるが、いつのまにか元の若旦那に逆戻りしていた。

宵《よい》の口が過ぎて――清涼の夜気。

炉ばたはてんぷらの山盛りと焼酎を軸に賑《にぎ》わった。

「このような珍味佳肴《ちんみかこう》はじつに久方ぶりにござって……」

「はい、ほんとうに、もう、このような……」

父娘とも端整な顔をくしゃくしゃにしてのよろこびようで、又四郎流儀に忠実なミネも一緒に飲み食い……、奈津も途中から熱燗《あつかん》の猪口《ちょく》を手にして、四人それぞれご機嫌。

天麩羅《てんぷら》の江戸出現から十九年たって、大流行中。

名付け親は山東京伝《さんとうきょうでん》で、この年45歳。又四郎もむろん京伝とは面識がある。

又四郎、言うには、

「近ごろ、てんぷらの名はポルトガル語のテンプラー（tempero）からきたと言いだした洋学かぶれがいるそうだが、冗談じゃない、こじつけもいいところで、テンプラーの意味は整理整頓・制作・製造、それに調理もふくまれているが、食べ物の調理だけをさしたものじゃないということで、京伝さんの命名が事実です。しかし、これとても、後世にはどうなるものやら……すり替えばかりのいい加減な国ですからな」

と一杯機嫌にまかせて毒づき、

「おっと、また深刻な話に逆戻りしかねんわい、止めましょう、アハハハハ……」

と笑いを誘った。（ポルトガル語のテンプラーが天麩羅の語源である、と通説化してい

る)

ふと文左衛門が容《かたち》を改めて言うには、

「先刻、私どもが伺ったとき、土地《ところ》の者と入れちがいになりましたが、あの折り、雨月さんは確かこのように……、いや、立ち聞きしたつもりではありません、聞くともなしにきこえたもので……。男は女がいなくてもよろしい、女は男がおらずともよろしい、いっこうにかまわん……、それをわきまえてさえおれば、偕老同穴《かいろうどうけつ》であろうがなかろうが、問題外だ、すべてばかばかしい……、多少、ちがうところもあるでしょうが、何か老子《ろうし》の言う〝無為自然《むいしぜん》〟に等《ひと》しい意味の言葉を出されておったようで……」

「あれは女房に駈落ちされたばかりの男なんで、最悪の結果を招いた場合の歯止めに、自然にまかせろ、自然体でおれ、と言ってやったんですよ」

「雨月庵先生のずーっと独《ひと》り身《み》ぐらしも、では、やはり自然体の然《しか》らしむるところにござるか?」

「そうです。いちど懲《こ》りてはいますが、それは理由にならんし、そんな理由からじゃあない。ホンネを吐きましょう。生きるべきか死ぬべきか? まい日、これをくり返している私に、あすも呼吸《いき》をつづけている保証などあるわけねえのさ。生まれるべからざる雨月蓬野だ。地球を抹殺するに足る超絶の魔力をこのおれの手に握らせてくれるなら、よろこんでおれもろとも天地玄黄《てんちげんこう》を、一瞬のためらいもなしに消すはずだ。こういう手前に、女房を持つ持たねぇなんてのは、無縁のことさ、フッフッフッ、偽譜や史伝で、おれもお前さんも悲劇の一ぴき狼にはちがいねぇが、ここが両名の根っからちがうとこじゃねぇのかな、アハハハハハ」

焼酎にまかせて負《ふ》(マイナス)の時間帯を又四郎はストレートにむきだした。

文左衛門、渋い表情で首を横に振り、奈津をかえりみて、

「残念なことですな、雨月さん……」

「何がで?」

「もし、望みがあるならば、偽譜のこともふくめて長い苦難を分かちあってきたそれがしの娘を、雨月庵先生の伴侶にもらっていただけぬものかとひそかに念願しておったもので……」

「そ、そのような、不躾《ぶしつ》けに、お父上……」

羞《はじら》んだ奈津は、さえぎってうつむいてしまった。

「ほおーっ、そりゃまた過分な、有難い思召《おぼしめ》しですなぁ……、と申しても、残念ながら、もはや付けるクスリのない人類撲滅論者の私には、女房など持つ受け皿がござらんて、アハハハハ……」

又四郎は笑いとばして、注意深くミネの顔いろを見た。

目顔でミネは、

(父娘の仲を色目《いろめ》で見たのはオレの早とちりで、やっぱり、若旦那の観《み》る眼は狂ってなかったよ)

と答え、安心したように、二度、三度うなずくと、一段と活気づいた調子で、

「さぁさぁ、もっとくだけてどんどんやってくださいな。この家《や》は主人《あるじ》が主人《あるじ》なんですから、何でも雨月庵流にござぁして、ヤロもメロもないのでござぁすよ、ほれ、お奈津さま、ご遠慮は禁物《きんもつ》、うーんとでっかく(大いに)つん飲むべい……」

安心できたことが、年に何度かの「若旦那とのお祭り(交接)」、ヒナ祭り・鯉のぼり・虫干し・煤《すす》払いetcの行事にかこつけての凸凹関係をふくめ、還暦間近のミネにはよほどうれしかったものか、珍しく地金むきだしのべいべい言葉(奴《やっこ》ことば)を口にしながら、たてつづけに奈津の猪口を満たし、さらに女同士の献酬《けんしゅう》～やりとりペースに引っぱりこんで、勢いよくイッキ飲みしたあげく、横座りに膝をくずすと、目が座るには要心深い距離を置く、トローン……とした目つきで、「雨月庵の口真似じゃござぁせんが、ほーれ、さぁさぁ、魔羅は魔羅、魔ンコは魔ンコでいくべい、ウフフフフ……」

「ンま……、そんな……、おミネさんたら……」

酔いの紅潮とは別の、まっ赤になった奈津が、うつむいた顔に片袖を押しあてるほど、手放しのエスカレートぶりをくりひろげるミネ——であったが。

ホッとなった又四郎にもミネの気持ちが手に取るようにわかる。

——文左衛門・奈津が「ヘンな間柄」であるなら「雨月庵先生の伴侶」になどと望むわけはなく、口にするはずもない!!

という答えが又四郎とミネに共通する最大公約数だ。

「さぁさ、これからですよ、宮舘先生……」

「いや、無念なれど、たとえようもなく愉快でござる、とととと……、こぼれては勿体《もったい》ない……」

「そのうち、やつがれ（私）が唄を歌って……」

「やつがれ？」

「あ、これは悪友の十返舎一九《じっぺんしゃいっく》さん、弥次喜多《やじきた》作者の専用語でして、一人称の〝手前〟です」

「あ、左様か……」

「やつがれの手踊り唄で、ミネ婆《ばあ》……じゃねえ、ミネ小母《おば》の〝カッポレ・奴さん〟がはじまるはずでして……」

「そりゃ、ますます楽しみな……、(猪口を干して)うーむ、甘露《かんろ》……」

「かような私で、お奈津さんを頂戴できないのが残念ではありますが、宮舘さんには杖～柱の娘ゆえ、仮に似合いの相手があったとしても、ヨメにはなかなか……」

又四郎の目の奥は焼酎と無縁で、覚《さ》めきっていた。

「取越し苦労にござる。天涯孤独《てんがいこどく》もいっこうにかまわぬ。ことと次第では、娘のつれあいに餓死せん程度の無心《むしん》を乞《こ》うやも知れぬが、その前に、子供に教えるなり、物乞《コジキ》になるなりの、選ぶ道はあります。娘も心得ておることで……」

文左衛門は奈津を見た。

うなずきながら奈津は父親と又四郎を見返して、

「わたしどもの生活《くらし》、このままでございますと、はかない陽炎《かげろう》のようにおわるかと存じますゆえ、出来ましたなら、実《み》のある処し方を致したいものと、はい……」

形容しがたい憂愁の影が明眸《めいぼう》の底に沈んでいる──のを又四郎は認めた。

雨月庵先生、ぽんと胸を叩《たた》いた。

「よし、ひと肌ぬぎましょう。お奈津さんの実になり得るヨメ入りさき、宮舘さんの生計《たつき》の道……、いずれ引き合わせしようと思うが、根岸肥前守に相談して、力を貸してもらうことに致す。これも奇縁の然《しか》らしむるところでござろう」

父娘は深々と頭をさげた。

ほどなく、

――奴さん、どちらへゆくェ、旦那を迎えに、さっても寒い供揃《ともぞろ》え、雪のふる夜も雨の夜も、お供はつらいネ、いつも奴さんは高ばしょり、よいせ、ありゃせ、こりゃせ、じつにほんかいな……。

又四郎の歌声で、酩酊寸前のミネが板ノ間の台所側を舞台に、色気たっぷりの膝上30センチまでちらつかせながら踊りはじめ、文左衛門父娘も首を振り、手拍子とっての大さわぎとなった。

4

半月流れて、数日たち、ちょうど二十日目の宵――十六夜《いざよい》月がぽっかりと浮かんだばかり。

月明《げつめい》をさいわいに、又四郎が宮舘文左衛門父娘の住居へ出かけるべく、草履《ぞうり》をつっかけ、ミネが「ぶら提灯」を持ちだしてきて、

「先さまは近くないんだし、天気だっていつくずれるかわかったものじゃないんですから

ね……」

と言いながら手渡したところへ、息せき切って「テッポー又」の又右衛門が駈け込んできた。

「大変だ、大変だ……、勝又の旦那にいわれたとおりだ、ついさっき、けえってきたんじゃ、カカのやつ……」

ベソかき面とは打って変わったうれし顔で、ハァ、ハァ、ハァ……と目玉がとび出さんばかりの息づかいである。

又四郎、それ見ろ……とは言わず、又右衛門の両肩にぽんと掌を置いて、

「よかったなぁ、おめでとうっ……」

「うん……、う……」

「又《また》さん、うちの旦那の観《み》る眼に狂いはないんですよ。よかったよねえ、ほんとに……」

自慢げな口ぶりでミネが言い添えた、途端、うなずいた又右衛門は握りこぶしで目の水を払った。

「おいこら……」

「ン？」

「近くもないというのに、わざわざ言いにくるヒマあるんなら……、ン？　詫びを入れて

戻ったんだろ？　あのニヤけた野郎のぶらぶら小僧に愛想つかしてな……」

「うん……」

「それならなおさらだ、お妖オカカにすぐ乗っかってやるのが、男の才覚というもんだぞ、どうだ……」

「うへへへ、じつをいや、一発ぶっ放して、とび出してきたじゃ」

「なぁんだ……、アッハッハッ、ハハハハ……」

哄笑《こうしょう》して、笑いが止まらなくなったまま、又四郎は外へ出た。

「旦那に言われたおかげだよう。せめてのお礼によう、今年の新米、はずむつもりだよう、勝又の旦那ぁ……」

又右衛門の呼びかけを背にしながら、ひとまず南水路（灌漑溝《かんがいこう》）沿いの農道へ出るために、庭さきをへだてた楢《なら》・欅《けやき》などにわずかな常緑の藪肉桂《やぶにっけい》（タモ）が混じる雑木林の小径へ又四郎は吸い込まれた。

ぶら提灯はたたんで小袖単衣《こそでひとえ》の袂《たもと》へ……、ゆっくり歩いて、本所の大横川沿いにたどった。

突き当たった中十間川《なかじっけん》（源森川《げんもり》）に沿って浅草方向へ左折した所にあるのが、瓦町《かわら》～小《こ》梅《うめ》町にはさまれた境内の広い南蔵院《なんぞう》。

家賃滞納で小梅町の裏店を出された宮舘父娘の塒《ねぐら》は、郁江が溺死する前とおなじ南蔵院境内の物置き納屋。

形にあらわれた範囲で文左衛門の過去を知る住職の同情によるものであったことから、もちろん、無料。

境内の裏側近く、隣りの延明院《えんめいいん》の塀に接する木立ぎわに、あった。

いくつかある物置き納屋のうち、場所柄、不使用のまま放置されていた廃屋である。

「ひどいもんだな、これは……」

と雨月庵は思いながら、かすかな隙間明かりが洩れている住居に近づいた又四郎、

（ン……？）

声をかける前に足を止め、息を殺した。忍び者そこのけのアンテナを持つ『礫《つぶて》の勝叉』がとらえた異様な気配に、一変しての反射作用であった。

三十～四十秒後。

半ば朽《く》ちた板壁の小さな節穴に、又四郎の目は貼り付いていた。

人が住まうに必要な目張りが大小となくいろいろな仕方でほどこされているが、戸の隙間をはじめ、完全とはいいがたい。閉じてある明かり取りの連子窓《れんじまど》にもわずかな隙が出来ている。六畳スペースほどの屋内は、それなりのこまかな工夫と配置できちんと整頓さ

れ、ひと抱えの書籍も一隅に寸分の狂いも見せずに積まれて、古ぼけた置行灯の骨組みも光沢《つや》を放つくらいに磨かれている。

二十日前、てんぷらを食べながら、

——行灯をともす油もないことがしばしばでございます。

と言う奈津の話を聞いて、泊まった翌日のかえりがけに、ミネが六合の荏《え》ノ油を贈ったので、灯がともっているのは、まちがいなく——雨月庵みやげの油!!

並べた板にムシロ茣蓙《ござ》を敷いた夜具の上で、泣いているのか、呻《うめ》いているのか、訴えているのか……、形容を絶した姿態でうごめくもの。

と……それぞれ、男は凹陰《オンナ》に、女は凸陽《オトコ》に顔を埋めたままで、

「う、うう……奈津、奈津、奈津ぅ……、お前の……」

「ンあ、ンあ、ンあ……、ち、ちちうえっ……、お前さま、あ、お前さま、お前さまぁぁンあぁぁ……、ンあぁぁっ……」

「奈、奈津……、いつ死んでも、お、おれは……」

「あ、あたしも……でございます、ございますぅ……、ンあぁぁ、お前さまぁ……」

切れぎれの叫春～媿声《きせい》が途切れて、ふたたび狂ったように咥《くわ》え～しごき、吸い～舐《な》める、48歳&21歳の『横巴《よこともえ》』といわれる横臥の69は、いつ果てるともなく……。

十六夜月はとうに昇りきっていたが、暑さがピークにかかっている時季で、当分、清涼な夜気は望むべくもない。

狭い室内の蒸し加減は30度以上に達するだろう。

むろんのこと、男女ともスッポンポンの汗みずくで、奈津の白い太腿は百八十度にひらいて、文左衛門の左肘《ひじ》に深々と搔《か》いこまれている。

(何ということだ!! いったい、どうなるのだ!? これでは、何もかもご破算にするしかないか? せっかく、お膳立てに取りかかろうというところで……)

さいごまで見とどけてやろうと、目を貼り付けたまま自問自答しはじめた又四郎は、これも不識々々《しらずしらず》のうちに下腹部が猛ハッスル、びんびんの帆柱と化してしまったが、ソレとは関係なしに、まず、つぶやいていた。

「おれの観《み》る眼~嗅《か》ぐ鼻が狂わんとは、ミネの自慢だが……、冗談じゃあねえ、この、してやられのざまは……。とにかく、なるようになるまでは、よし、ミネには伏せておくことにするぞ。それにしても、早まって根岸お奉行に引き合わせんでよかったわい……」

春艶覆《ふく》水《すい》盆《ぼん》に返らず

1

実感としては、

――（人間共通の魔性に覚めきっているはずの）雨月庵たるものが、不覚千万《ふかくせんばん》にも、宮舘文左衛門・奈津父娘の詐欺《さぎ》にかけられた!! というショックのストレート・インパクトである。

協力中止の心情に占領されたのも、当然であったというべきだろう。

背負い投げをくった思いだけではなく、ミネが遠回しに口にしていた〝感〟が的中したという、二重ショック度《ど》。

雨月庵の風呂場での父娘の様子を垣間《かいま》見たミネに又四郎は耳打ちされて、

――妙な思いすごしをしちゃいかんぞ。あの父娘の精神的な絆《きずな》、心の結びつきは、男～女の区別を越えたものではないかと、おれは見ているんだ。だから、ヘンな意味じゃなく、父親の股ぐらでも洗ってやれるんじゃないのか。そりゃ、じかに見ないようにするのが当たり前だろう。

と断言したことを忘れてはいない。うなずいたミネは納得した顔で、

——そうだね、やっぱり……、若旦那の観る眼が狂ったことはないからね、オレなんかとちがって……。

と答えている。

観る眼の対象にもよる。過去はミネの言うとおりに違いないが、今回は又四郎の完敗!! ミネも失笑せざるを得ないであろう買いかぶりにおわってしまった。それも、贔屓《ひいき》のひき倒しによる損得計算で帳尻《ちょうじり》を〆《シメ》くることが出来るような、過大評価のミスで片づく問題ではない。

どうすべきか？　選択肢がなくても選択せざるを得ない。

又四郎は即答を出した。

（これは解決不可能な事態だ。第三者が介入して、どうなるという性質のものではない。おれに出来るのは、もともと縁がなかったことにして、一切の関《かか》わりを断《た》つことだけだ。それしかあるまい？　黄表紙作者の雨月逢野にとって、偽史との闘争に生存の浮沈を賭《か》けた宮舘文左衛門は、二度とふたたび、二人とはめぐり遭《あ》えぬ人物のはずだ。それを失うのは、じつに侘《わ》びしいかぎりだが……、罪は罪……、おたがい、すれ違いの縁でしかなかったと……）

がっくりした思いに打ちのめされながら、常識的な答えに行きつくことで、ショックによる混乱からいったん脱けだし、区切りをつけた又四郎であった。

が、ハッとして立ち止まり、引き戻された。

(否《いや》、待った……、待て、ン？　おれは何者だ？　神か……？)

次の瞬間、自嘲《じちょう》をともなう痛烈な一撃が又四郎を襲っていた。

空白は数秒で去った。つぶやき声で、又四郎は一語一語はっきりと、念を押すようにして独白、

「おれがおれを忘れるとは、とんだ間抜けさ加減だ。時には逆立ちに気が付かんことがあるとしてもだ。いいか、聞け。他人のマチガイ・罪・穢《けが》れを、とやかく糾弾《きゆうだん》しはじめた途端に、万人が万人、一人のこらず、天界から下ってきたかのごとき〝聖人〟の面《つら》と化してしまうのが、人間という代《しろ》ものだ。おれが奉行所の勝叉又四郎を放りだして、野たれ死に覚悟の雨月逢野になったのも、聖人面にがまんしかねた果てのことだ。そのおれがしたり面《づら》して裁《さば》きの聖人を気取るとは、何たることとだ。悋《けち》もいいところ、コッケイもいいところだ。……父娘の間柄と、おれの間柄は、別個のものだ。撤回しよう。縁切りは撤回だ。こんなことで、余人《よじん》に替えがたい友を失うわけにはいかん。よし、これまでどおり、おれに出来るかぎりの世話を焼くぞ。どうなっていくのか、先のことはわからんが……、とに

かく、縁切りはするまい」

咄嗟《とっさ》のあいだの又四郎のめまぐるしい自問自答である。

文左衛門と奈津の間柄と、郁江の溺死が身投げだったのか事故だったのか、不明のままで片づいてしまったことと、前後の関連性～因果関係について、にわかに新たな疑問と謎が浮かんできたわけで、又四郎はそれに気が付いたものの、推測してみる時間的なゆとりもない状態で、目と鼻の先の覗《のぞ》き舞台は進行した。

物置き納屋はやや細長く、六畳あるなしのスペース。羽目板壁の小さな半欠け状の節穴に貼りついている又四郎の目から、せいぜい一メートル程度のところに『69』の一方があり、反対側のほうも一メートル半とは離れていないという至近距離である。

近いほうが奈津の股で、弛《たる》みも変色もない、標準サイズと見なされる鮮かな赤さの凹陰《オンナ》が、舌の動きに反応して、ぴくっ、ぴくぴく……、絶えずぴくついている為体《ていたらく》と、陰裂からやや遠めにへだたって、百八十度の剝《む》きだしになっている後門の褐色襞《ひだ》が、強い絞りこみを間歇《かんけつ》的にくり返しているさまも、細大洩らさずとらえることが出来る。

又四郎、いやがおうでも追跡妄想にのめりこまざるを得ない、という受け身を強《し》いられたあげく、脳髄がわずかな余白を失い、急速に痺《しび》れの度合いを増幅する。

（こいつはいけねえ、お手あげだわい。ものを考えるも何も、とてもじゃないが、思案どころじゃねぇ。ひとまず退散したほうがよかろう……、ン？……）

同時に舞台の急変が発生した。

凸陽《オトコ》を口中に頬張る奈津の顔の動きが一段とピッチを高めていく、その一瞬、文左衛門はぐっと腰を引きはなしていた。

「あっ……」

「だ、だめだ、奈津……」

「え？　な、なぜ……、なにゆえ……、お約束どおり、さ、さ、口の中に、お気をやってくだされ（射精してくれ）……」

「いや、お前が可哀想だ……、おれが遂げても、お前のペチョコ（陰門）が……」

「いえ、いえ、死にぞこないの身です。せめて、母上のご供養になるならと、オペチョコはなかったことに……、交合《まぐわい》はくり返さぬと、先月の忌日《きじつ》（郁江の溺死日）にお約束しました……、それをずーっと守ってまいりました……、ですから……、さ……」

「死にぞこないというのは、第三者の言い分だ。殺されたはずのが、殺されそこなったのだぞ、奈津は……、母さんにな。あの、わがままでわからず屋の母親にだ。それを思えば、忠義立てもほどほどにして……」

「でも、原因《もと》は私どもの落ちこんだ、このような仲が……」

「原因を作るような仕打ちをしたのは、だれなんだ？　ン？」

「噫々《ああ》……、それは……、それは母上にはちがいありませぬ」

「追放の身、零落《れいらく》の身になってから、三百六十五日、くる日もくる日も、腰抜けだ、甲斐《かい》性《しよう》なしだ、無責任男だ、男の屑《くず》だ、はては、バカ・アホーだ、三文の値打ちもなしだ……、雨あられと罵詈雑言《ばりぞうごん》の礫《つぶて》を叩きつけられる姿に、お前は泣いて慰《なぐさ》めてくれた」

「奈津は母上を恨みました、憎みました。これが私を生んだ母かと、あまりの情《なさ》けなさに、身の置きどころもなかったのです」

69フォームを維持したままで、奈津の声と言葉には冷静な調子が戻りはじめているが、すでに泣き声と化していた。

「お前のおかげで我慢一途《いちず》を貫くことが出来た私だが、父娘でありながら、外道《げどう》～背徳《はいとく》を百も心得ながら、噫々《ああ》、何でまたかような没義道《もぎどう》に……」

「奈津です。糟糠《そうこう》の夫婦《めおと》でありながら、あのような針の山かムシロの明け暮れを、一つ屋根の下でくる日もくる日も見せつけられますと、つい、わが身の立場を忘れて……。去年の秋のことを覚えておいでのはずです。奈津のオペチョコで母上の穴埋め、いいえ、埋め合わせの身替りをしたいと、思いあまった私のほうから……」

「手を出したのは私だ、お前は泣いて膝にすがりついて、口では確かに母の埋め合わせというようなことを言ったが、妙な素振りなどはしなかったぞ。だが、気が付いた時には、不埒《ふらち》な手が裾《すそ》にのびて、指でとらえた凹陰《ワレメ》は糊《のり》の海になっていた」

「恥ずかしい……」

「他人でなくなったあとのそなたの顔は、人倫に背いた罪人《つみびと》ではなく、人を助けた女神の顔になっていた。あどけない、偽《いつわ》りも、二心《ふたごころ》も、邪心も何もない、人界の者とは思われない、はるかなはるかな大昔、駿州《すんしゅう》（静岡県）三保岬《みほみさき》の羽衣《はごろも》ノ松に、天界から降りてきたという天人《てんにん》の貌《かほ》もかくやと思われる奈津の顔だった、とおれの記憶には刻《きざ》みついている。松原の羽衣は日本の話ではないと思うが、それはどうでもいいことだ。奈津、もういちど、あの折りに戻ってくれ、な、これ以上、母さんに義理立てすることはあるまいが……。神明橋《しんめい》で、お前を亡き者にせんとしたのだぞ、母さんは……」

文左衛門の口調もかなり落ちつきを取り戻しているものの、過去を引き合いにする説得調の裏側には、娘に逆行する欲望の思惑《おもわく》がありあり……。（註。羽衣伝説のルーツは、古代オリエント・シュメール人のバァル教神話。久米ノ仙人譚《ばなし》と同様）。

「ちがいます、それはちがいます。ものはずみでした、あれは……」

「はずみだろうがなかろうが、お前を殺そうとしたことに変わりはない」

「それは……」

「突き落とそうとしたではないか……」

「それは、私が……、噫々《ああ》……、もう、かんにんなされて……、どうしたらよいか……、もう……」

泣き声がくずれ、奈津は百八十度開きの太腿を搔いこまれた姿態のままで、両掌を顔に押しあて、くっ、くくっ……、すすり泣きが洩れはじめた。

「なるほど、そうか……、どうやら、読めてきたぞ……」

又四郎は節穴から目をはなして、つぶやきながらうなずいた。

・

2

正確には、ちょうど五十日前、宵《よい》の口から梅雨ぞらが崩れだしていた。

日中、連子窓《れんじまど》の外光を頼りに、郁江と奈津は火打袋《ひうちぶくろ》・お守り袋・銭《ぜに》入れなど、袋物縫《ふくろもの》いの手内職に精を出し、文左衛門も男手にやれるところを手つだっていたが、夕餉《ゆうげ》がすんだあと、行灯《あんどん》あかりのことから、三日にあげない常習行事と化《か》している、郁江の文左衛門罵倒がはじまった。

灯油（菜種油《なたね》）が残り少ないため、置行灯《おき》に点火してはいたが、灯芯《とうしん》をぎりぎりに落としているので、手もとがようやく見分けられる程度であった。

——夜業《よなべ》しましょう。その分《ぶん》だけ早く（手間賃が）入りますからね。

と郁江が言いだした。決められた期日までに一定量を店に届けるのが建前になっているが、手間賃のほうは届けた時に即金払いされる。

——でも、油が保《も》ちそうもありません。芯をこのままにしておきませんと……。

と奈津は答えた。指先のこまかい仕事なので、行灯あかりを最大限にしても、充分ではない。

郁江の目が険《けわ》しくなった。

——夜業が無駄とお言いか!?

声も険悪化した。奈津の言葉尻をとらえていた。

——無駄などと……、いいえ、そうじゃありません……、もう、油が尽きかけてますから……。

——尽きたならば、買《こ》うてくるがよかろう……？

——油代がありませんゆえ……。

——フン、油も買えぬ身に落ちぶれたのは、だれのせいじゃ、どこの腰抜けのせいじゃ？

たちまち、激昂《げっこう》する郁江の標的が文左衛門に変わっていた。

例によって例のごとしで、きっかけがありさえすれば、前後の見さかいなしに爆発する。それも、二カ月ほど前からいっそう頻度《ひんど》が増えている。以前のように、文左衛門は理《ことわり》をつくして反論～弁明～説得を試みることがなくなり、聞くにたえない罵《ののし》りを浴びながら、首をたれたまま、時たまの曖昧《あいまい》なうなずき方で、最後まで沈黙に終始……、かつてはなだめ役であった奈津もまた、その立場と姿勢を放棄してしまった形で、うつむいたまま涙ぐむ、というパターンがいつのまにか出来あがっていた。郁江のほうもまた、大量の罵詈雑言を投げつけたあげく、感情的症状《ヒステリー》は不機嫌な沈黙に戻って、険しい顔をそむけたまま、一場の幕となる。

以心伝心《いしんでんしん》で沈黙のうちに形成された父と娘の一方的な受け身の沈黙パターンは、庄内藩酒井家で準家老格の生家に育った郁江の、半ば素質的と見なされる、わがままで、人並みに自己顕示欲の強い頑迷《がんめい》～ワカラズ屋ぶりに、夫も娘も匙《さじ》を投げてしまった現われであるといっていいが、隠された半面では、世俗の徳律《とくりつ》にも法律（ご法度《はっと》）にも背反《はいはん》する間柄に墜《お》ちこんでしまった、悪事としての殺人行為をのぞいた場合の最大級のうしろめたさに、父娘とも絶えず拘束されている内心の弱味が、どう釈明の理屈づけをしてみたところで、ごま化しようがないからでもあった、といえる。

半月ほど前、郁江の他出中に、父娘のあいだでひそひそ声が交《か》わされた。

――もしかしたら、母上は疑《ぎ》心《しん》暗《あん》鬼《き》をお持ちでは……、何か、感づかれているのでは？

文左衛門は首を横に振った。

――そんな懸《け》念《ねん》はない。私も、お前も、疑《うたが》わせるようなそぶりなど、何ひとつしておらぬ。

――それはそうですけれど……。

極度の要心と心理的ハードルが立ちふさがって、前年の秋以来、具体的には一カ月あまりのあいだに、まだ二桁の回数にとどいていなかった。

――ああいう気性の持ち主だ、万が一、何か感づいたりしようものなら、口だけの罵りでおさまるわけがなかろう。それこそ、大変なことになる。

――ええ……、それはそうでございましょうね……。

――取越苦労はせんことだ。これまでどおり、私もお前も、何もなかったつもりで、そ知らぬ顔でおればいい。

――はい……。

――気にすると、むしろ藪《やぶ》ヘビになるかもしれん。かえって、疑心暗鬼を誘うきっかけにもなりかねまい。

——そうですね……。

奈津はうなずいた。それだけの会話におわった。

行灯と油代の一件も、たぶん、例によって例のごとしで、一過してしまう可能性が強かったが……、
うつむいていた奈津は弾《はじ》かれたようにハッと顔を上げた。

——だんまりをきめこんで、すむとお思いか、文左衛門どの……、どうやら、キンタマをお持ちでないと見えまするな。

——………

——ならば、あの折り（五年前の処罰）、追放ではのうて、腐刑《ふけい》（去勢《きょせい》）こそ、宮舘文左衛門どのに似合いのご処置でありましたな……、え、そうでございましょう!!

——母上、そのような……、あまりなお言葉ですっ。

たまりかねて奈津は口を挟んだ。

——口答えしやるか!!

——いえ、そうではありません……。

——失《う》せるがよい、目ざわりじゃっ!!

——すみません、母上……。

奈津はつぶやいて起ちあがり、問答無用の場を避けるべく、次第に雨足が繁くなっているまっ暗な屋外へ出た。

南蔵院境内には宿坊・倉・物置きなどいくつかの建物があり、廂《ひさし》の下でしばらく雨宿りしてから、頃合いを見はからって戻れば、台風も遠ざかっているという、何度か経験ずみの避難法であった。

が、外《はず》れた。

――待ちやれ、奈津……。

荒々しい動作で郁江は下駄《げた》をつっかけ、追って出てきた。

――母上……。

――きやれ、奈津、言うて聞かせることがある、ついてきやれ……。

――はい……。

逆らうことはどこまでも禁物である。傘なしで濡れるのもかまわず、郁江の足は源森川(中十間川)沿いの道を荒川のほうへ……。真の闇ではなかった。雲上に弦月があるはずで、ものの文目《あやめ》はかすかに識別できる足もとであった。日中でも通行人のすくない路上は、まったく人の気配が絶えていた。人家が疎《まば》らにつづき、四カ所の寺の山門前を通りすぎた中井堀《なかいぼり》の合流点――南蔵院から六百メートルばかりのところに、欄干《らんかん》が腰までしかない神明橋がかかっている。

郁江は橋を渡りだした。

――母上、どこへ……?

奈津は沈黙を破った。郁江の足が止まった。ほぼまん中である。

――私はここまで。お前は渡って行くがよい。

――えっ……!?

――二度とふたたび戻ってはならぬ。

――母上、何を……。

――胸に手を当ててみるがよかろう。口にするのも汚《けが》らわしいことじゃ。お前が腰抜けの父親と何を仕出かしたのか……。

――母上、何を証拠に、そ、そのような……。

――証拠を見なくても、虫の知らせというものがある。

――誤解です、そんな……、何も知りませんっ!

半ば不意討ちに足もとをすくわれた狼狽《ろうばい》ぶりで、最終的にはともかく、まず、否定するのが当然である、が、むきになった奈津の態度が、郁江自身にも予期しない反応を招いた、というべきか。

た。

——失《う》せやれ!!

体当たりする恰好《かっこう》で郁江は奈津を突きとばした。その角度が90度狂っていた。まともに受けた場合は、奈津が転落したはずである。かろうじて一突きを躱《かわ》し、屈身してすり抜けた。

——あーっ!!

——あ……。

折り柄、増水のピークに達している流れにとびこんだのは、勢いあまった郁江のほうで、泳ぎを心得ていないうえに、水流も平常の倍速に近く、おまけに雨の闇ときている。瞬間の短い悲鳴につづき、ドボーン……と水音を残して、それっきり、何の気配もなくなってしまった。行方をうかがうすべもなく、しばらくのあいだ、奈津は茫然《ぼうぜん》と橋上に立ちつくしていた。

郁江にいくらかの殺意につながるような害意があったのかどうか? また、疑心暗鬼がどの程度のものだったのか、虫の知らせ、という言い方からすれば、動かし難い決定的な答えを出すのは不可能であって、奈津の釈明次第で白紙に戻ったと見なすことも出来る、が、厳密には『不明』の結論しかあり得ないだろう。

宵も深まる頃、雨の中をずぶ濡れで戻った奈津から、泣きながらの経過説明を聞かされ

た文左衛門は、不測のショックに暗然と肩を落として、

――母さんがお前を亡き者にする魂胆《こんたん》を持っておったとは考えられん。可怪《おか》しいと感じた疑心を、私の前で問い詰めることは、見栄っぱりのあの気性では、憚《はば》られたものだろう。お前の口から疑いを解《と》いてもらいたかったのだと思う。それがとんでもない齟齬《そご》で入水《じゅすい》（投身）したことになってしまったのは、よりによって運が悪かったとしか言いようがないことになる。万が一にも、溺死をまぬがれることはあるまい。

――はい……、私もそうとしか……。

――おこってしまったことは、もはや、どうにも取り返しはつかんが……、およそ、質《たち》の異《こと》なる者が、俗界のさまざまな都合に余儀なくされて、そういう水と油の男女が夫婦になるとは、人間、万物の霊長だなどと自惚《うぬぼ》れていながら、これ以上、愚かな生き物はコノ世にあるまい。追放の因《もと》になった偽家譜の、わが命を切り刻まれるような苦痛に、これまでのことが挟み撃ちに加重されて、つくづくわが身が情けなくなったが……。

――その子が私です、奈津です、父上……。

――それはそうだが、あの母親の子とは思えぬ奈津だ。

――父上がお持ちのものを、みんな私が受け継いで生まれました。いまようく考えますと、凹陰《オンナ》の体で生まれてきたことが、取り返しのつかないマチガイ……神様（造物主）の

マチガイだったように思われてなりません……。

——神、の、か……。

奈津の視線が、一隅に寸分の狂いなく積まれてある、宮舘文左衛門にとっては命にも替えがたい、徳川尾張《おわり》藩主宗春《むねはる》時代の偽造史検証記録の一部『温故知要《おんこちよう》』、『石《いし》ガ瀬戦記《せせんき》』、『庚申闘記《こうしんとうき》』、『早春院日録《そうしゆんいんにちろく》』、『張州府志《ちようしゆうふし》』などもふくむ、二百冊は越えるであろう書籍のほうを振りかえって、

——お笑いかもしれませんけれど、あの『古事記《こじき》』の初めに出てまいります〝天御中主神《あまのみなかぬしのかみ》〟（造物主）の、大きなマチガイだったとしか思われません。

——いやいや、そうではない。もしも、お前が男子《だんし》に生まれておれば、この父よりもっと苦しい重荷を背負うことになったかもしれんぞ。

——左様でしょうか……。

——いつかも話したはずだが、いい、もしもという仮定は、希望であろうが後悔であろうが、千回くり返してみたところで、所詮《しよせん》は愚痴にしかならん。天御中主を責めても、答えようがなかろう。

——わかってはおりましても、つい……、いっそのこと、コノ世にわが身が在《あ》りさえしなければと……、あ……、また、おなじ繰《く》り言《ごと》を……。

——それより、どうするかだ。早急に届け出ておかなければなるまいが、ソノ筋から疑いをこうむるような届け方をしては、あとが面倒になりかねない。さて、どういう風にするか……？

——左様でございますね……。

父娘の会話は逆戻りした。

古代朝鮮王朝史（高句麗《こうくり》・新羅・百済）をそのまま大和飛鳥《やまとあすか》王朝史（推古《すいこ》～元明《げんめい》まで）に仕立てた二重偽造の『日本書紀』と異り、天《あめ》ノ王朝～倭国《わこく》王朝史（旧日本・九州）を原型《プロトタイプ》とする『古事記』の天御中主神は、そのモデルが古代オリエント・バビロン第一王朝六代のハムラビ王で、倭名《わめい》が天御中主神であり、ハムラビの意味は『世界の中心』であるが、文左衛門の場合、モデル確認まではしていないものの、朝鮮史うのみの盲目界からは離脱していた。

「もしも」のタイム・スリップを前提に、冒険小説『トム・ソーヤーの冒険』『ハックルベリィ・フィンの冒険』のアメリカ人作者マーク・トウェイン（一八三五～一九一〇）の苦悩の果ての生涯の〆くくりor遺言ともいうべき、

——ノアの方舟《はこぶね》を作ったことは、神（造物主）の取り返しのつかない大失敗だ《人間とは何か》

を文左衛門父娘が知っていたとすれば、天御中主神への視点も変わっていたかもしれない。

翌朝、森川《もりかわ》町の大番屋に「郁江行方不明」の届け出となり、荒川辺りで溺死体発見後の、雨月庵が関与した一連の経緯は既述のごとし、ということで、

「いわゆる未必《みひつ》の故意《こい》になるかならぬかも判別しがたいようだが、微妙なところは、おそらく、当人らにもわからんだろう。四捨五入して、やはり、事故死だったということだ……」

つぶやいた又四郎はホッとする思いの一方で、父娘が深刻な呵責《かしやく》を負わずにすんでいるらしい心情をひいき目に忖度《そんたく》して、

「とにかく、不幸中の幸い……ではない、もっけの幸いということか……。自然体のたどりつくところが、どう結着するかは読めないとして、天にも地にも呼吸《いき》の合った父娘、思いのままの蓬萊境《ほうらいきよう》に在《あ》るわけだからな……、わるふざけのつもりじゃないが、当面《とうめん》は祝福すべきだろう……」

とうなずいたうえで、

「……となると、このあとは、雨月庵・黄表紙作者・雨月蓬野の出番だ。上手《うま》く仕組んで、売り物にさせてもらうぞ……」

貼りついた目は狂言回しの視線となって、小道具～所作《しょさ》の一つ一つを見落とすまいとしながら、と同時に、人生の明暗～長短にとらわれない生死の一瞬と背中合わせで『負の走性』を背負う又四郎特有の情緒が併走して、父娘で雨月庵に泊まった晩の、囲炉裏《いろり》ばたの酒席で奈津が口にした文句を、正確に思い出していた。

——私どもの生活《くらし》、このままでございますと、はかない陽炎《かげろう》のようにおわるかと存じますゆえ、出来ましたなら、実《み》のある処し方を致したいものと、はい……。

形容しがたい憂愁の影が明眸《めいぼう》の底に沈んでいた。

又四郎、胸を叩いて言うには、

——よし、ひと肌ぬぎましょう。お奈津さんの実になるヨメ入り先、宮舘さんの生計《たつき》の道……、いずれ引き合わせしようと思うが、根岸肥前守に相談して、力を貸してもらうことに致す。これも奇縁の然《しか》らしむるところでござろう。

父娘は深々と頭をさげた。

陽炎の生活《くらし》と口にした奈津の姿は、神秘的な色気～性的陰影《ニュアンス》につつまれ、生唾《なまつば》をのみこんだ又四郎であったが……。

その時の会話が確約から実行への確実～早急な雨月庵先生のスタートとなって、わずか二十日足らずのあいだに文左衛門の寺子屋（学習塾）開設の目処《めど》をつけたばかりか、

――実のある処し方を……。

と希《ねが》う奈津のヨメ入り先についても、根岸肥前守の伝手《つて》による有望な一件を見つけることが出来て、具体的に話をすすめるべく、次のページをめくった、今。

実のある処し方どころか、ノストラダムス（一五〇三～六六）ならぬ雨月庵の、一秒先が予知不能の空闇《くうあん》……、とんだ勇み足のまま土俵外へとび出してしまうところを、多芸《たげい》の三枚腰、危うくたたらを踏んで、転《ころ》んでもただでは起きない仕切りなおしに持ちこんだ又四郎。

（ン？　賽《さい》ノ目は、どう出るか……だ）

舞台進行である。

3

吸交フォーム（69）から横臥の対向へ……、両掌で顔を蔽《おお》ったまま嗚咽《おえつ》する奈津の項《うなじ》を文左衛門が引きよせながら、太腿をこじあけるようにして左膝頭をさしこみ、段々と付根《つけね》まですり上げていく。

奈津のほうは、終始、無言の抵抗を示しているものの、全力の拒否というには、傍目《はため》にもほど遠い。

両者の下腹部に付属する『黒いもの』の距離がゼロと化した時、攻める側の食指はその奥へすべりこんで、反射的に奈津の右手が手首を押さえていた。

「かんにん、かんにんなされ……、せめてのご供養に……、せっかく、お約束したのに……、もう、どうしたらよいのか……、お約束が、お約束がちがいます……」

喘《あえ》ぎをともなう切れぎれの訴えを、一方の理屈が押しのけようとする。

「約束はもう果たした……」

「え……？」

「そうではないか、ン？　昨日《きのう》で四十九日が過ぎた、供養はすんだ……、いつまでも義理だてにこだわることはない……」

「そんな……、あ、あっ……、いや、いや……、あ、ンぁ……」

指のうごきがはじまっている。目を閉じた文左衛門の表情は、凹陰の触感に恍惚《こうこつ》の相《そう》を見せながら、反面、意外なほど落ちついた口調で、

「いかにももっともらしい屁《へ》理屈を並べたところで、人の世の規範に沿って生きるかぎり、外道は外道に変わらぬ……。誓うぞ、奈津、天地《あめつち》の理《ことわり》に賭けて誓うぞ、四十九日明けの今だけ許せ……」

「噫々《ああ》……、もう、どうしたらよいか……、まことに……」

「これが、最後の最後だ、二度とふたたびは……、誓うぞ」

「誓ってください、お願いです……」

「男が誓いを破りさえしなければ、ことはおさまるのだ」

「女の身には遂《と》げられませぬゆえ、どうか、そのように……」

「誓うぞ……、誓う……。いざとなれば、山の果てに野ざらし（髑髏《どくろ》と化す）の栖《すみか》を求めて身の始末をつける覚悟は、おれもお前も、とうに出来ているはずだ……」

「いつでも、私は……」

「それを思えば、これを限りに、誓いを破らぬこともむずかしくはあるまい……？」

「ならば、これを限りに、とは……!?」

二律反則の自己欺瞞《ぎまん》を直感せざるを得ないのが当然だろう。

「だからこそだ、これを限りにと誓うのだ……」

「太公望《たいこうぼう》の故事に、〝覆水盆に返らず〟《ふくすいぼん》と申しますけど……」

奈津の水を差すひとことに、少時の沈黙が挟まれた。

「ウソ八百で成り立つ唐人の寝言《ねごと》だ。太公望なる者の存否《そんぴ》も怪しいが、言葉（文字）の綾《あや》では、そういうことになる。だが、場所次第で覆水は盆に戻る、いや、どうあっても、戻さんといかん……、戻してみせる、誓うぞ、奈津……」

と文左衛門は強弁した。

「戻してください……、戻していただかないと……、あ、あ……、そ、そこは……、ンぁぁぁ……」

叫春の媿声《きせい》が途切れ、ぷちゅーっ……と口が合わさっていた。

腹と腹をシメあわせて、四肢《しし》を絡《から》め合い、四孔《しこう》の鼻息箭《びそくや》を射《い》るがごとく、二口の呼吸火《ひ》を煽《あお》ぐがごときうちに、上・凸陽、下・凹陰、最終の合体へ……。

ほどなく、又四郎の姿は小屋をはなれ、月下の道を遠ざかった。十間川沿いにゆっくり歩を運びながら、十六夜月を見あげての独り言《ひとりごと》、

「覆水盆に戻す……か。あの様子では、戻らぬが七分、いや、六分、いや、五分々々……、あれだけ父娘とも心得……識別したうえでのことだからな、苦しみぬいたあげく、白紙に戻る見込みはある、充分ある。覆水盆に返れ。念じているぞ。野ざらしの旅は、まず、あるまい。あるとすれば、フン、雨月蓬野のほうだ……」

苦笑して、

「太公望……、唐人の寝言か……。追究話題がまた増えたな、あの仁《じん》（文左衛門）と……、よし、また『史記《しき》』だ。安禅寺《あんぜんじ》（霊岸寺《りょうがんじ》分院）から借りだしておくか……」

斉《せい》の始祖・太公望呂尚《ろしょう》《史記にある斉世家》は偽造中国古代史に登場する架空人物の一人で、古ユダヤ人司馬遷《しばせん》の『史記』が書かれた時（B.C一〇四〜B.C九三、or、九一）は、バクトリア人&チュルク・メオ族の混血による漢民族発生の第一段階から、正確に計算して百六十年しかたっておらず、すべてがバビロンその他のオリエント諸国史の漢字移植にすぎないが、太公望のモデルはエジプト（斉）第19王朝のラムセス二世であり、一八二九年、エジプト・ナイル河中流のカルナック・ホンス神殿付近で発掘された石碑『バフタン（バクトリア）の王女』（ルーブル博物館所蔵・C二八四番）が立証する。

アレキサンダー遠征軍（ギリシア・ペルシア・ユダヤ人連合）が、中国占領軍司令部（G・H・Q）の洛陽《らくよう》（アレキサンドリア）を建設して二百五十年——『史記』が書かれた前漢武帝《ぜんかんぶてい》以前の漢民族古代史などは、ただの一ページも存在していないので、念のため。

◇——◇

ついでに一つだけ指摘すると、アレキサンダーの父親で、近臣に暗殺されたマケドニア王フィリッポス二世は、『史記』に「斉の湣《ビン》王」として登場するが、湣《ビン》すなわちギリシア古語のフィリッポス。

偽造史とはそういうものである。

4

うしろ姿を見せた夏が、一日ごとに遠のいていく、初秋というには多少の間がある午さがり、机に向かう雨月庵先生が一心不乱のところへ、単身で奈津が訪ねてきた。

あの夜から半月あまりが過ぎている。

「このたびは、ひと方ならぬご厚志《こうし》をおさずけくださいまして、お礼の申し上げようもございませぬ……」

深々と腰を折る奈津の顔は、晴々《はればれ》として、曇りがなかった。

直感した又四郎、

(そうか、最良の目《め》が出たものにちがいない。覆水盆に返る、ということだな?)

と思いながら、

「ミネが浅草《あさくさ》へ出むいて、おれ一人だ。暗くなる前にはかえってくるはずだが、どこまで事が運ばれたか、くわしく聞きたい。さ、奥へ……」

「はい……」

もとの座へ戻る又四郎に奈津は従った。

あの三日後の昼前、何も知らないミネが買い物ついでに又四郎の手紙を父娘のもとへ届け、その指示で文左衛門は南町奉行根岸肥前守を訪ねたはずである。

「おかげをもちまして……」

と奈津は報告した。

源森川の対岸、水戸《みと》下屋敷に隣り合わせて、境内の広い常泉《じようせん》寺がある。その常泉寺宿坊の一つで、めったに使われていない20畳スペース程度の一棟が寺子屋に提供され、同心小林助三郎はじめ地回りの古参御用聞《ごようきき》（岡っ引）など関係者が、

——日本でも指折りの先生である。

と界隈《かいわい》に触れこんだ効果てきめん、4歳～14歳の幼少年少女三十数名の縁故者から申し込みがあって、とんとん拍子の明後日開校に漕《こ》ぎつけたという。束脩《そくしゆう》（謝礼・授業料）に一定規準はなく、地域の経済度による差もあるが、父娘が暮らすには三十名あれば一応こと足りる。

「どのようにしてお礼致せばよろしいものやら……、只今は、露命《ろめい》をつなぐのがようやくの有様にございますゆえ……、いずれはと存じておりますものの……」

事こまかに報告しおわった奈津は、溢《あふ》れるばかりの涙を隠すようにして手をつき、ひれ伏していた。

背につづく項の妖《あや》しい艶《つや》が、否応《いやおう》なく又四郎の目にとびこんできた。

「この雨月庵は他人《ひと》のフンドシで角力《すもう》を取っただけだ。そんなことを言われては、こそばゆくなる。礼はお奉行にこそ百ぺんでも言ってもらったほうがいい……」

「それは、もう……、はい……」

「金品《きんぴん》だけがお礼ではあるまい。偽家譜で有無相通《うむあいつう》ずる宮舘さんと知り合っただけで、充分に余《あま》りある返礼だ、無形《むけい》の返礼だ、無形の……、肥前守もおれと同様に感じているからこそ、わが身のことのように、迅速《じんそく》に運んでくれたんだと思う。さ、いつまで這《は》いつくばってる……」

「は、はい……」

「こんど、宮舘さんとは例《くだん》の太公望についても……」

「えっ……!?」

「や……!?」

弾《はず》みをくらったように奈津は上体を立てた。驚倒《きょうとう》の面持ちである。

（シマッタ……!!）

又四郎、顔に出た。弁明しようにも、前後の脈絡が成り立つ脱出ルートはない。

互いの視線がぶつかっていながら、相手を見ていない、息づまる沈黙は、数秒で破れ去った。

「ご無代《むたい》を……」

「覆水盆に返らず……」

押し倒された奈津はわずかな抵抗を示したのも束《つか》のま、むき出しの白い下半身から拒否の力を抜いてしまった。勇み足の雨月庵先生、とっさの対応に血迷い、半ばヤケクソの短絡的選択に寄りかかった、といっていいが、さすが、目を合わせる姿勢は避けていた。ひっくり返して、豊満ではないが、若々しいボリュームにひきしまる艶妙そのものの尻を抱えこんだ、と……、

「若旦那ったらぁ……」

「ン……？」

目が覚めた。あ、と顔を上げた。点灯時を過ぎて、うす暗い。

戸障子あけっ放しの囲炉裏ばたにミネの動く気配があり、炉の埋火《うめび》を移したとみえて、ぼーっ……と行灯あかりがひろがった。

（夢か……）

筆が進まず、行きつ戻りつ考えあぐねるうちに、机上の片肘を頬枕に居眠りしていたことがわかった。

(夢にしても、惜《お》しいことをしたな……)

と思いながら起って、炉ばたへ出た。

「居眠りかい。昨夜《ゆんべ》はずっと寝なかったみたいなもんだよ……」

「ああ……、徹夜したからな……」

「それがね、浅草からのかえり途《みち》で、瓦町《かわら》なんだけど、ばったり宮舘さんに会って、手紙あずかってきましたよ。幸便《こうびん》で頼みますすって言われてね。寺子屋のことですごく忙しいそうだけど、改めて参上致しますって……」

「フーン、そうかい……」

ミネに手渡された書状を行灯あかりで走り読みした又四郎は、

「すべて順調に運んだそうだ」

と口にして、内心、

(不思議なことだ、夢の奈津の話にそっくりとは……、偶然の一致か……、そういうことだろう……。覆水盆に返らずも、そうであってほしいが……。それにしても、粋《いき》な夢だったわい……)

とつぶやいてから、宵闇迫る外を窺《うかが》いながら、

「なるほど……、同じ居眠りでも、時が時、逢魔《おうま》ガ刻《どき》だったわけだ……」

「へえっ、いまの若旦那、いわく有りそうだよ。何が逢魔ガ刻なんですね……？」

「う、うん……、逢魔ガ刻にお前さんがかえったもんだからな、ここの魔物（凸陽）が騒ぎだして、ミネを襲おうっていうのさ……」

「ひゃ、そりゃ、大変……」

ミネは喜色満面の顔を隠すように、ひときわ宵闇の濃くなっている台所へ、急いで立っていった。

視姦の美学

1

麻布《あざぶ》に屋敷がある五千石の寄合旗本（無役）鍋島《なべしま》十之助《じゅうのすけ》の家来に、川島十右衛門《かわしまじゅうえもん》という、三十ばかりになる、背の低い侍がいた。

目立った特徴はないが、口数の少ない、どちらかといえば、やや引っこみ思案～内向型の男であった。

季節は秋思《しゅうし》の入口。

雨の日をはさんで、夏のうしろ姿が一日ごとに遠ざかっていくある日、同僚の鈴木八《すずきや》重郎《じゅうろう》が、

「久しぶりで浅草詣《あさくさもう》でに行ってみんか。噂によると、並木《なみき》茶屋に、蔦屋《つたや》およしに劣らん美人が出たそうだから、ひとつ、見物かたがた、どうだ……」

と言うのに応じて、もう一人、同僚の岡本保左衛門《おかもとやすざえもん》が加わって、休みをもらい、翌日の夜明けに麻布をあとに、浅草への行楽となった。

さいわい、日和《ひより》もよかった。

行楽で浅草の地を踏む者は、雷門《かみなりもん》をくぐって、金竜山浅草寺《きんりゅうざんせんそうじ》の観音詣でをしてから

遊び歩く。

川島十右衛門ら三人も、まず観音に詣《まい》って、仲見世《なかみせ》で土産物《みやげ》を買い、ひととおりぶらついたあと、雷門前の並木町に軒《のき》をつらねる茶屋の一軒――蔦屋に入った。

行楽客相手の腰掛茶屋で、二十軒茶屋・歌仙茶屋ともいう。明和《めいわ》～安永《あんえい》（一七六四～八〇）の田沼意次《たぬまおきつぐ》時代といわれる最盛期には、通りをはさんで二十軒並び、それぞれ茶汲みに美女を揃えて、錦絵《にしきえ》に描かれて名を売った女もあり、

蔦屋《つたや》およし
湊屋《みなとや》お六
堺屋《さかいや》おそで

などが語りぐさになっていたが、その後十六軒に減って、二十軒茶屋の俗称だけが残る。歌仙茶屋というのは、小野小町《おののこまち》ら平安六歌仙の絵を飾っていたことによる。二十年以上前のことで、並木茶屋は女の櫛巻髪《くしまき》の発祥地として知られる。

茶汲み女《ウエイトレス》が葉茶を茶こしで湯呑みにそそぎ、飲んだあと、すこし間《ま》をおいて塩漬けの桜湯をサービスする、という仕組みの喫茶店なので、客には観音詣での女も多いが、天明《てんめい》四～七年（一七八四～八七）の大飢饉《ききん》による不況をさかいに、営業上の必要性から酒肴《しゅこう》も出すようになっていた。ただし、制限つきの簡単なものである。

川島らは、蔦屋のウエイトレスたちが粒ぞろいの容色を持ち、その中に噂の『二代目およし』といってよさそうな美女がいることも確かめて、侍である外聞《がいぶん》から口には出さず、

――あれがそうだろうな……。

と目顔でうなずき合い、すっかり気分がよくなって、

「目の保養ついでに舌の保養もするか」

「よかろう」

と、茶を飲んだあと、一人宛銚子《ちょうし》一本ときまっている酒肴を取りよせた。

九ツ（PM12：00）の鐘が鳴りおわってまもない時である。

一杯機嫌になった川島は、尿意をもよおして、裏の共同便所へ足を運んだ。

二ヵ所あって、両方とも五ツ仕切りの右側に小便専用が付いている。

川島は最短距離の戸を開けた。五ツ仕切りの左端である。それが大失敗の因《もと》。

頑丈な一枚板を広目《ひろめ》に渡しただけのものである。入って用を足そうとした川島は、

「あっ……」

一杯機嫌の不注意というべきか、懐中の財布を便壺に落としてしまった。チャポン……と音がして、あわててのぞきこんだものの、あいにく、壺の中は小の量が多く、水を張ったようになっていて、肝心の財布は見えない。沈んだようである。

財布の中味は南鐐銀《なんりょうぎん》（八分ノ一両）七枚のほかに、ハンコや大事な書付けなども入っている。

「こいつは弱ったことになりおった……、何とかして取り出さんことには……、はぁて、どうしたもんか……？　店に話して物笑いになるのもシャクのタネだし……、うーん、はぁて……」

酔《よ》いもさめる思いの川島は、外を見まわして、棒切れが立てかけてあるのを見つけると、それを使って、壺の中をさぐった。裏目に出た。焦《あせ》って掻《か》きまわしたために、ますますわからなくなってしまった。

「えいくそ、もう、こうなりゃ、さいごの手段しかない……」

迷っている間もなかった。戸を開けられないように横木《よこぎ》をさし込み、丸裸になって壺の中へおりた。

深さは腰の上まであったが、下半分の異様な感じは、食事のさまたげになるので、省《はぶ》くことにして……。

その最ちゅう、小便にきた者があった。同じ蔦屋に入っていた、三人づれの町娘の一人で、身なりのいい、顔だちも悪くはない十七〜八歳。

壺の中で川島が悪戦苦闘していることなど知らず、左端が開かないため、二つ目の仕切りに入ると、戸を閉めて、またいで、尻をおろして、シューッ……!

財布の所在《ありか》がなかなか探《さぐ》りあてられないでいる川島のほうは、移動するための支えに、のばした片手を隣《とな》り仕切りの渡し板の縁《へり》にかけた。

と……それより早く、さがってきた娘の毛マンジュウの一点から、勢いよくほとばしる噴水。

「うむむ……」

鼻さきにソレを見上げるという、万に一つもあり得ないハプニングに、一瞬、われを忘れてうなった川島。

気がついた娘は——超ビックリ仰天。

糞壺にひそむノゾキ魔が手をのばしてきた、と受け取っても不思議ではない。

「きゃあーっ!!」

悲鳴もろとも板を踏みはずして、ドボーン……と落ちてしまった。

ただならぬ叫び声と物音に、

「何だ、何だ……」

「どうしたんだ……」

蔦屋と両隣りの茶屋から人々がとび出してみると、壺の中では男女二人が目茶苦茶の大騒ぎである。

「ひゃあ、大変だ、大変だ……」

まっさきにのぞいた町人髷《まげ》の若い茶飲み客が大声を張りあげ、事情がわからないため、騒ぎが一段とエスカレートして、次々と男女がとび出してきた。

すわ、何ごとならん、とひと足おくれて出てきた鈴木と岡本が、中をのぞきこんで、

「や、川島、いったい、どうしたんだっ」

「おれの連れだぞ、川島十右衛門だぞっ」

と叫んだことで、わけのわからない大騒ぎは、ようやくのこと収拾段階に移った。

2

通り向かいの茶屋で、茶を飲みながら首をかしげ、

「ん……？」

「いや、何かひと騒ぎ持ちあがったようでげすな、雨月《うげつ》さん……」

「物騒《ぶっそう》なことかもしれませんよ、血を見るような……」

「血を見るケンカなら、やつがれ（おれ）はだめでげすて、お前さんでねえと……」

「じゃあ、行ってみますか……」

「うん、善は急げじゃ……」

　茶代二人分四十八文を置いて、急ぎ足で蔦屋の裏へまわったのは——十辺舎一九《じっぺんしゃいっく》と雨月蓬野《ほうや》（勝叉又四郎《かつまたまたしろう》）。

勝叉又四郎、もと南町奉行所同心・物書役《ものかきやく》（同心年寄に次ぐ幹部）で、〝礫《つぶて》の勝叉〟といわれていたが、余儀ない理由から警吏の身をしりぞき、世相を風刺する小説『黄表紙《きびょうし》』の作者・雨月蓬野に転身した者。37歳。

十辺舎一九も小田切土佐守直年《おだぎりとさのかみただとし》（現・江戸北町奉行）の家臣として、かつて、大坂町奉行所同心だったことがあり、本名・重田市九貞一《しげたいちくさだかず》。41歳。

又四郎の家『雨月庵』は、江東本所《こうとうほんじょ》のさき、柳島《やなぎしま》村の雑木林の中にある。

一九先生は亀戸天神《かめいどてんじん》町の借家で、結婚四年になる三人目の女房千代《ちよ》（×一《バツイチ》）と二人ぐらし、子供はない。（一九の×二《バツニ》は、いずれも入婿《いりむこ》して、逃げだしたもの）

　ふつうに歩いて六〜七分のところに住んでいるが、今朝《けさ》早く、ベストセラー『東海道《とうかいどう》中膝栗毛《ちゅうひざくりげ》（弥次喜多《やじきた》）第六篇』の原稿を手に一九があらわれ、好都合なことに、又四郎のほうも『仇切《きゅうじん》つくば颪《おろし》』が出来ていたので、寝不足のまま連れだって日本橋《にほんばし》へむかい、通油《とおりあぶら》町の版元《はんもと》（出版社）蔦屋重三郎《つたやじゅうざぶろう》（57歳）のもとへとどけて、よろこんだ重三郎か

ら、一九は例《くだん》のごとく相当額の前金（著作料の一部）をもらうと、かえり途《みち》、

――すこし遠回りになるが、蔦屋親方大明神に因《ちな》んで、どうだね、雨月さん、並木茶屋の蔦屋……。

と言いだして、浅草へまわった。が、蔦屋が立てこんでいたため、斜め向かいの柳屋《やなぎや》に入り、ついでに酒肴を頼もうとする矢先であった――そういうわけであるが、一九にとっても、又四郎にとっても、それぞれの人間観・人生観・社会観などによる哲学のモノサシでは、突発したらしいただならぬ騒ぎにかかる比重が優先してしまうのが、自然のおもむくところ。

四十八文を払ったのは、誘ったほうの一九である。

「わ……、な、な、なんじゃい、こりゃ……」

「ん……？」

蔦屋の裏へまわってみて、あっけに取られた一九と又四郎。

引きあげた男女をうずくまらせ、男たちが運ばれてきた手桶の水を頭から浴びせかけている。

立ち騒ぐ群集、といってもよさそうな、まわりのワァワァガヤガヤ……。

仏頂《ぶっちょう》づらをにやりとさせた一九が、

「はぁん、雨月さん、こいつぁ、臭い仲のどさら落ちでげすて」

と訳《わけ》知り顔で言う。

「臭い仲の……？」

「臭い仲の二人が、臭いとこでやってるうちに、気が入りすぎて、踏みはずして、つるんだままで、どさら落ち……、よくある話ですて……」

「どうも、そういうことじゃなさそうですよ。あの二人づれの侍は、男の連れじゃありませんかね？　こまった様子で、一人が着物をかかえてますよ」

「そういや、そうでげすな……」

「様子を見ましょう。こっちの出る幕でもないようだから……」

口から口へ伝わって、およその経緯はすぐ判明した。

集まった者は最終的に四十人ほどにもなったが、物見高い男のほうが七割方を占《し》めて、あちこちでおこった笑いの渦《うず》はおさまりそうにない。

――そそっかしいにもほどがあるわい、アハハハハハ……。

――財布の糞漬けは聞いたことあるが、二本差しの糞漬けってえのあ、ちょいと聞いたことねえぞ、ウヘヘヘヘ……。

――財布が見つかりゃあ、ビタ一文（銅銭）が黄金《こがね》いろの一両に化けてるかもよう、へへへへ……。

――あの侍、それを当てこんで落っことしたにちがいねえぞ、エヘへへへ……。

受難者当人の川島十右衛門が、小男《チビ》で、無口な気質に似合わない剽軽《ひょうきん》な人相の持ち主であったこともわざわいして、まわりの外野席では、同情よりも揶揄《やゆ》半分にはやしたてる者が多数で、

――ひゃあっ、たまらねぇ、江戸じゅう匂ってきやがったわい、ヒッヒッヒッヒッヒッ……。

と大仰に鼻をつまんでみせる任侠《いさみ》風の空臑《からずね》男もいる、という始末。

蔦屋の客らしい初老の女から原因を聞いた一九と又四郎も、外野の一人であったが、鼻をつまんだ空臑の男が、ちょうど又四郎のまん前、袖のさわるところにいた。

水を運ぶ者、水をかける者をふくむ、当事者たちの受難劇が、コッケイ芝居を見るような物笑いの雰囲気になっていることで、むかつきだしていた又四郎は、手桶の水を浴びながら手を顔に押しあてて泣いているらしい娘を、

(米屋の美根《みね》ではないか!!)

と気がついたとたん、妙な偶然だと思いながら、男を怒鳴りつけた。

「ふざけるな、いい加減にしろ。三十面《づら》さげて、何だっ、この、鼻つまみ野郎っ!!」

鼻をつまんでいる仕ぐさにひっかけた罵《のの》り方であるが、大声だったので、大半の視線が又四郎に集まった。

「う……、な、なんだとぅっ……、おれさまが、何したって言いやがるんだっ……」

男のほぅもつけこまれたことでカッとなったらしく、険悪な形相《ぎょうそう》で言い返した。が、逃げ腰である。

又四郎も一九も版元へ出かけるための道服《どうふく》ごしらえで、又四郎は単衣羽織《ひとえはおり》を着用、一九は羽織に差袴《さしこ》をはき、二人とも両刀を帯びているので、だれの目にも武士だということがわかる。

「ほう、おれの注意が気にくわんとみえるな、ん？　鼻つまみ野郎……」

「ぬ、ぬかしやがって……」

「失《う》せろ、鼻つまみ、痛い目を見ることになりかねんぞ」

又四郎の右手が男の手首を捕らえかけようとする寸前、一九が割って出た。

「おめぇな、相手がわからねえとみえるが、この人ぁ、南番所（南町奉行所）の隠密回りだよ」

「う……」

「縄付きになってもさからうつもりかね？」

すかさず、又四郎言うには、

「わかったか。弥次喜多作者の先生が言うとおりだ……」

「うへ……」

鼻つまみ男の顔いろが硬《こわ》ばって、逃げ腰を立てなおす間もなく、こそこそと消え去ってしまった。

ウソも方便ではなく、南北に二人ずついる専任の隠密同心は別問題として、南町奉行根《ね》岸《ぎし》肥《ひ》前守《ぜんのかみ》鎮衛《やすもり》の個人的な隠密役を負っている又四郎である。

のち、又四郎から浅草糞尿譚を聞いた肥前守は、著書『耳囊《みみぶくろ》』に、

――（前略）……一同立ち集り、ようやく引出して洗い清めるが、そのあたり一統の物笑いなりしとかや。

と書いているが、出る幕がなかったはずの又四郎・一九の出番をさかいに、騒ぎの空気が変わった。

――あれが、弥次サン喜多サンを作った人だってさ。

――へぇっ、ぶすっとした顔の男なんだねえ……。連れのお侍は隠密とか何とかって、じゃあ、御番所のお役人ね？

――そうみたいだけどね……。

と言いあって、弥次喜多作者と役人がどう結びつくのか、不思議そうに一九と又四郎を見比べる女もいた。

四年前の春にはじまった「全十二篇二十五冊」の『東海道中膝栗毛』は、弥次喜多が新《あら》井《い》〜桑《くわ》名《な》間を歩く「第五篇二冊」までしか出ておらず、前後二十一年にわたって執筆されるが、一九の名を知らなくても、弥次喜多を知らない者は一人も江戸にはいない、といっていいほどで、読んだ読まないに関係なく、マヌケぶりオン・パレードの主人公の名前だけがひとり歩きしていた。

又四郎は一九に言った。

「あの娘、私が米を買っている、北松代町《きたまつしろ》三丁目の、加藤屋《かとうや》嘉助《かすけ》の三女で、美根というんだ」

「ほうっ……」

「一九先生、我々の出番だ、ひと肌……じゃない、急いで差袴を脱いでくれ、説明はあとだ……」

「うーん、合点《がってん》……」
一九、瞬時に察知。
又四郎は羽織を脱ぎながら、うずくまったまま背を丸めて泣いている娘に駈けよった。

町内自身番所の番人らしい男が、なおも手桶の水を浴びせかけようとするのをストップさせて、

「美根、おれだ、雨月庵だ……」

「あ……」

言うより早く又四郎は娘の襟首をつかむと、便所右端の戸口へ引きずるようにして、

「中でこの羽織に着替えるんだ。ほれ、手ぬぐいもある。着物は脱ぎ捨てろ。ベソかいてる場合じゃなかろう」

と言い聞かせながら内側へ押しこんだ。つづいて、一九が脱いだ差袴を持ってきた。受け取った又四郎は戸を細めに開けて手渡したが、その前に、泣き顔でおろおろしている二人の町娘が、二人とも路上で会えば気軽に挨拶する顔なじみであることがわかって、笑ってしまった。

「お前さんらだったとはな……、いやはや、とんだめぐりあわせだ、アッハッハッハッハハハハ……」

同じ北松代町三丁目、米屋『加藤屋』の三女美根（17歳）、荒物雑貨『秩父屋《ちちぶ》』の次女照《てる》（16歳）、袋物屋『兎屋《うさぎ》』の次女律《りつ》（17歳）、仲のいい三人で、又四郎が知っている限りでは、三人とも「親のいいつけをよく聞き、店番や使い走りをよくする、はたらきものの

娘」であった。

又四郎、笑っただけですまさず、声を励まして言うには、

「美根のこと、物笑いになったなどと勘ちがいしちゃならんぞ。畳の上を歩いて足を折ることもあるのだ。それを嘲《あざ》笑う者は、頭の蠅《はえ》が追えんということだ。いいか、こんなことでめそめそするな」

「あ、はい……」

「わかったらいい。あとは私と、この、弥次喜多の作者先生にまかせなさい」

まわりの者を怒鳴るかわりに、皮肉を投げつけた又四郎である。川島十右衛門にとっても、救《すく》いの梃《てこ》になったか……?

群集の嘲笑を浴びた川島十右衛門のほうは、身じまいしたあと、落葉寄せに使う竹熊手を借りてきて、二人の同僚とも協力しながら、財布さがしに懸命《けんめい》のアタックをくり返した結果、

――見つかった!

徒労《とろう》におわらず、やれやれの声をあげたのが、ほぼ二時間後、八ツ(PM2:00)の鐘《かね》を聞いてからで、見物人は残らず姿を消していた。

洗ったあと、さすがに気がひけたとみえて、書付けが乾ききらないうちに、そそくさと

蔦屋を去っていった。

一両近いカネが戻ったこともあるので、受難の埋合わせに神田《かんだ》辺りの船宿で飲みなおしたかもしれない。

3

一九と又四郎が相談して、合理的に後始末を運んだ。

律と照が美根に付き添って花川戸《はなかわど》の風呂屋へ行き、入浴して、髪床《かみどこ》へまわって結髪《けっぱつ》しなおした。

そのあいだに、加藤屋嘉助あてに簡単な手紙を書いた又四郎は、番屋（自身番）にたのんで、足の早い走り（便利屋～宅配便）が美根の家を往復して、着替えの一揃えをとどけてきた。

すべてが片づいて、もとの柳屋に又四郎・一九・美根・照・律が腰かけ、苦笑まじりの顔を見合わせて、

「やれやれ……」

「でげすな、へへへ……」

「ほんとにお世話になりました。とんでもないご迷惑おかけしちまって、あとで改めて、お礼にうかがいますから……」

「ほんと、先生方のおかげで……」

「ほんとにおかげさまで……、あの時はどうなるかと思って……、どうしたらいいかと思って……」

茶を飲みながら言い交《か》わしているところへ、刻《とき》ノ鐘の合図三つが鳴って、間を置いて、ゴーン、ン……、陽《ひ》が傾いた夕七ツ（ＰＭ４：００）の鐘。

「お前さんらもいっしょに、その辺でメシ食ってかえることにしやしょう。十三日の月が出てるから、提灯《ちょうちん》も不要だて……」

一九が提案して、雷門前の広小路に面したソバ屋『武州庵《ぶしゅう》』へまわると、娘たちは丼物を食べ、男二人は笊蕎麦《ざるそば》を肴《さかな》に一杯酌《く》み交わしたが、食べおわった彼女らが堅《かた》くなったまま押し黙っているのを、又四郎と一九が、

「借りてきた猫じゃあるまいが……？」

「女は酒すこしまいるがよしと、『徒然草《つれづれぐさ》』にも書いてあるわい。ひと口ふた口なら百薬の長じゃて……」

「酒の十徳の一つに、推参《すいさん》に便あり、という。ほどよく飲めば、素面《しらふ》では言いづらいこと

も口に出来る、という意味だ」

「左様、ほれ、無礼講《ぶれいこう》ということでげすよ、へへへっ……」

と代《か》わる代《が》わるそのかして、猪口《ちょく》（盃）を持たせ、その結果、ぽーっ……と頬を染めるにいたった三人は、文字どおり〝推参に便あり〟のくだけた調子に一変してしまったのであるが……。

それが裏目を招くことになろうとは⁉

夕餉《ゆうげ》の時間帯なので、彼らのほかに七～八人の客が入っていた。

上機嫌の一九が、

「いつ、どこで、何がおこるか、やつがれ（私）ごとき千里眼《せんりがん》に縁のない者には、一寸先《いっすんさき》がまっ暗闇でげすて……、きょうの一件にしてからが……」

と宙《ちゅう》の一点に貼《は》りつけた目で言うのを、又四郎が受けとめて、

「きょうの一件は、ま、言ってみれば、一九先生の逆説代理人たる弥次郎兵衛《やじろべえ》・喜多八《きたはち》の弥次喜多も裸で逃げだしかねない〝弥次喜多もどき〟といってもいいものだが、十分に『東海道中膝栗毛』の滑稽《こっけい》ダネに再現されて然《しか》るべきでしょうな。手前は一九さんのような才もないので、ダメだとわかっていますがね、弥次喜多作者の一九先生なら……」

「うん、弥次喜多のマヌケバカぶりに、生かすことになるでげしょう。きょう届けた版下《はんした》

（原稿）じゃ、宮《みや》（熱田《あつた》）と桑名の乗合船を、マヌケ弥次郎兵衛が小便だらけにして、謝《あやま》って、しょげかえって、乗合衆のみんなが苦笑いして……、きたぞきたぞ、小便にこそ濡れたれ、船はつつがなく桑名へきた、めでたいめでたい、とな、弥次をなぐさめるところで結んでおいたが……、や、いけねぇ、やめておこう、食事ちゅうでげすからな、雨月さん……」

「フフフ、話をむしかえした張本《ちょうほん》は十辺舎一九だ……」

「へへへ、そのとおり……。やつがれが弥次郎兵衛になっちまったんじゃあ、台なしでげすて、へへっ……」

又四郎にマッチ&ポンプを指摘された一九、頭を掻《か》いて笑ったまではよかったが……。

「でも、不思議に思います。諺《ことわざ》に、文は人なりってあるけど、滑稽な弥次喜多と十辺舎先生は、ぜんぜんちがうんだもの……」

丸ぽちゃでやや下《しも》っぷくれの『秩父屋』照が言うと、卵に目鼻型の『加藤屋』美根も、

「あたしも……」

と相槌《あいづち》を打って、つづいて、三人のうちでは一番勝気《かちき》に見える、頤《おとがい》のほっそりした杓《しゃく》子《し》顔の『兎屋』律が、一九に問いかけた。

「先生はうわべを飾っていらっしゃるんですか？」

「ん？　そりゃどういうことでげすな？」

「文は人なりだから、ホントの先生は、マヌケで、オッチョコチョイで、狂言の鼻毛延高《はなげのぶたか》（鼻下長《びかちょう》）なんだけど、見栄のためにうわべをごま化しておいでなのかと……、滑稽な『膝栗毛』の弥次喜多が十辺舎先生なら、うわべを飾らないと……」

「なぁるほど……、お前さんな、お笑いと滑稽は、ぜんぜん……」

言いかけてやめた一九の笑顔は消えてしまった。顔そのものがタメ息と化《か》したような表情である。

目を落とすと、だれを見ようともしないで、黙々と手酌を重ねる。

（よほど落胆したとみえる。いや、ガッカリするのが当然だ。おれなら怒鳴りつけるところだからな。一九先生、沈黙で我慢とは、おれより上手《うわて》ということか？）

一九の心中を察した又四郎は、座卓をはさんで並ぶ三人のだれにともなく言った。

「うわべを飾るような人じゃない、その反対だよ。文章というものには、形にあらわれた表側と、形にあらわれない裏側がある。表側を読んだだけじゃ、わかったことにならん。本当の意味をつかむ読み方を、眼光紙背《がんこうしはい》に徹《とお》るというのは、お前さんらも知ってるはずだが、読み方次第で、同じ内容が黒にもなれば白にもなる。作者がマヌケの弥次喜多を使って何を狙《ねら》っているか、今までのどれでもいい、よーく読みなおしてみなさい」

三人とも「はい……」と答えてうなずいた。

シラケかけた空気にブレーキがかかった。

(狂言回し雨月蓬野とは、とんだペテン師ぶりだ!?)

自嘲の思いがかすめるのを覚えながら、猪口を持ったまま目を閉じている一九の表情が柔《やわ》らぐのを、又四郎は横目に確かめていた。

一九が「お笑いと滑稽はちがう」と口にしかけてやめた理由は、本来、滑稽の意味が、――なめらかな口先三寸《さんずん》で他人を騙《だま》し、かつ、残酷であること。

にもかかわらず、うやむや社会の落とし子である「お笑い」にすり替えられて、――人間・この滑稽にして無残なる存在。

から目を外《そ》らし、正体を見失った結果、お笑いと滑稽が混同されて、弥次喜多がいかに売れてみたところで、作者の意図は理解されない、ということを三人の娘に説明するのが不可能だ、と見たからで、一九の心情が又四郎に伝わることで、又四郎のほうが「負《ふ》(マイナス)の時間帯」に引きずり戻されたものであった。

一九の狙いは、猿回しの猿にあたる弥次喜多を借りた「世の中」への辛辣《しんらつ》な嘲笑であり、意地の悪い揶揄であり、痛烈な罵倒であったが、気のどくなことに、後世にいたるまで、『膝栗毛』を評価し得るに足るモノサシが、オメデタ日本列島にはまったく存在していない。

一九には『ドタバタお笑い弥次喜多』としか受け取られなかったことがシャクのタネで、後年の随筆『文字の和画』で八ツ当たりに近い言葉を並べているが、鬱憤《うつぷん》の〆《しめ》くくりが、その死に方にあらわれている。

晩年の一九は視力を失い、一人娘のマイが口述筆記しているが、天保《てんぽう》二年（一八三一）八月七日、68歳で現世を去るにさいし、遺言により、湯灌《ゆかん》をせずに着のみ着のまま火葬したところ、ドカーン!! と棺桶がバクハツして、会葬者一同、腰をぬかしてしまった。ふところに花火の束を詰めこんでハイ・サヨナラしたもので、辞世の一首が書き残されていた。

この世をばどりゃお暇《いとま》に線香《せんこう》の煙とともにハイ（灰）さよならもとへ戻って、まもなく、一九は又四郎に耳打ちした。

「なあ、雨月さん、売れれば売れるほど、わびしいもんですす……」

又四郎も片掌を口許《くちもと》に当てて、声を遮蔽《しやへい》しながら、苦笑まじりに答えた。

「わびしいですむならまだしも、雨月蓬野の私は凍《こお》った木枯《こがら》しが吹きぬけてますよ。天親《てんしん》の唯識論《ゆいしきろん》でしたか、名詮自性《みようせんじしよう》といわれるとおりで……」

「名詮自性……、ああ、名《な》は体《たい》をあらわす、名実相応《みようじつそうおう》てぇやつ……」

「そうです。蓬野の涯《はて》に、いつ、わが身を消してしまうか、わからぬ有様です」

「わが身を消すとは、自殺の意味か？」

「そうです。生きつづけるか、生存を廃業するか、まい日、鬩《せめ》ぎ合いのくり返しでござるゆえ……。好んで生まれてきたわけじゃなし、生まれてよかったと思ったことなど、残念ながら、ただの一度もなし……、女房を持たぬのも、そのゆえで……、や、同じことを、つい、また……、もう、やめましょう……」

又四郎の声は先ぼそりになって、消えた。裏目を招いた「酒に推参の便あり」が、一九には一過性でおわって、又四郎に尾をひく結果となった。

「何のおはなしなさってるんですか？」

問いかける美根に一九が応じて、

「うん、お前さんらみんな縹緻《きりよう》よしで、いずれが菖蒲《あやめ》か燕子花《かきつばた》かと、評《しなさだめ》しておったんじゃて……」

「あら、そんな、こころにもないうれしがらせ……」

お多福顔の照が当惑半分の笑いをむける。

「うそは申さん……、な、雨月さん……」

「一九さんの言うとおりだよ……」

又四郎も合わせた。エア・ポケットに落ちこんだ恰好《かっこう》の鬱屈《うっくつ》と綱引きしながら……。律が美根の脇腹をつついて、目顔を送ると、美根のほうも待っていたように照をつついた。

語尾をにごす律につづいて、美根と照も会釈《えしゃく》そこそこに床へおりた。がまんしていたらしく、揃って外便所のある裏へ……。

「あの、ちょっと……」

一九は昼まの一件をむしかえした。

「あの川島十右衛門、損《そん》な男に出来ていやすな……」

「というと……？」

「どうせ、ドジ踏んじまったことに変わりねえんだから、せっかく、一生に二度とねえような、生きのいい御真《おま》ン処《こ》が目の前にぶらさがってきたんでげすからな、気取《けど》られんように、あわてねえで、息を殺して、とっくり拝みゃあ……、へへへっ、やつがれが川島なら……」

酩酊《めいてい》というほどではないが、だいぶまわった様子。

「そいつは無理なはなしだ、当人になってみれば……、一九さんらしくもない」

「でげしょう。知《ち》と行《ぎょう》が一致できると考えるバカのはなしでげすよ」

「なんだ、承知の上か……」

「知行合一《ちぎょうごういつ》なんぞと軽卒に思いあがるから、世の中、可怪《おか》しくなる」

「いちばんいやな言葉ですな……」

フフフ……と笑い合って、銚子の追加を頼んだ。

4

——あるとき大名、ないとき借金。

というのが口ぐせの一九が勘定を支払って、武州庵をあとに、吾妻《あづま》橋を渡ったところで、宵五ツ（PM8：00）の鐘音が流れた。十三夜の明るい月が中天にさしかかろうとしていた。

飲み食いが三時間あまりに及んだので、すぐには醒《さ》めない。

源森《げんもり》川沿いに横《よこ》川業平《なりひら》橋ともう一つ先の十間《じっけん》川柳島橋を渡り、十間川下手《しもて》の天神《てんじん》橋で一九はわが家へ、又四郎ら四人は竪《たて》川旅所《たびしょ》橋から左折して、又四郎が三人を送りとどけ、雨月庵へかえることになる、が——酔いざましのぶらぶら歩きをするうちに、男二人と娘三人のあいだが三十メートルほどに距《へだ》って、笑いをまじえてしきりにぺちゃくちゃ……、距離を縮《ちぢ》めようとしないのは、しゃべりたいからか？

「さっきのつづきってぇわけじゃねえが、川柳のバレ句に、雪隠《せっちん》を貸して辻番きざすなりってえのがありますな」

娘たちを振り返って、一九が言う。

「ああ、女の小便の音を聞いて番人がおえる（勃起する）というやつ……」

「埒《らち》もないこと書き散らしながら、かねがね思うんだが、何か一つ手前（自分）の好きなことやれるんなら、ぜひとも、盛り場にご婦人専用の雪隠（便所）を建てて、ノゾキ仕掛けをつくる……、どうでげす、野郎の果報《かほう》、これに勝《まさ》るものなし、へへへ……」

「フーン、ン、ン……⁉」

おや、まあ、あら、さて……、又四郎、いったんはぎょっとしたものの、突拍子《とっぴょうし》もない一九の発想にハッと触発され、骨がらみの虚無的な女性観に、具体的にはつかみようのない、かすかな風穴があくのを感じたものである。

「いや、たしかに、そうかもしれませんなぁ、やれるものならば……」

又四郎の大マジメな反応ぶりに、一九のほうが驚いたようで、

「と申しても、知行不合一でげすからな、所詮《しょせん》は叶《かな》わぬ夢……、夢にござるてや、へっへっへへっへっ……」

と茶化した。又四郎もアハハハ……と笑った。雪隠ばなしはそれでおしまいになった。

秋思の月を眺めながら天神橋で一九と別れ、ほどなく、竪川北沿いの北松代町四丁目へ……。美根・照・律は腰を折り、口を揃えて、

「改めて、親といっしょにお礼に……」

「親をわずらわすことはない。お前さんら三人で、寿司でも提《さ》げてきたらどうだ？」

三人はうなずいて、まっ先に律が言う。

「堺屋《さかい》の松ヶ鮨をあつらえてお届けします」

「じゃ、あたしは柏屋の深川《ふかがわ》ずしを提げていきます」

と照。言いおくれた美根は負けじとばかりに、

「あたしは平清《ひらせい》（生魚料理屋）の折詰め重ねをあつらえます」

「そいつは楽しみだ。おれのような貧乏人の口には、めったに入らんからな。日をきめておけば、弥次喜多大先生も呼べるぞ」

「いつがよいでしょうか？」

美根の問いに、待てよ、とつぶやき、胸算用した又四郎、

「おれの都合も考えて、六日あとの暮六ツ前ということにしよう。臥待月《ねまちづき》（十九夜）の日だ。送ってやるから安心していいが、何かのことで、もし、変更せざるをえないような時

は、二日前までに知らせよう。まず、変更することはあるまい。それでいいかな?」

「はい……」

十九夜の日没前、北松代町四丁目から十分ほどの雨月庵へお礼に訪れることで、ＯＫ。

三人のうち米屋の美根だけが、米穀類をとどけるために何度か訪ねていて、ハウスキーパーで六十歳になる雨月庵同居人ミネとは馴染《なじ》みのあいだ柄。

竪川沿いの町並みの北にひろがる草深い柳島村。

ゆるやかに蛇行して荒川寄りの亀戸村へのびている水路（灌漑溝《かんがいこう》）に沿った農道から北側へ約二百メートル、雑木林の小径《こみち》を入ったところに、ぽつんと草屋根の古い一軒家がある。

蚊遣火《かやりび》の匂いが漂《ただよ》い、囲炉裏《いろり》ばたでミネが繕《つくろ》いものをしていた。

「浅草で大事件があって、おれも一九さんもそれに巻き込まれたのさ……」

「何ですね、大事件て……」

緊張しかけたミネは、水をがぶ飲みした又四郎の話を聞くと、笑うに笑えないという顔で、

「加藤屋の美根さんがそんな目にあうなんて……、でも、おヨメ入りにさしさわるような

ことでなくて、よかったねえ」

と言った。

「ヨメ入り先はきまったのかね」

「門前仲町《もんぜんなかちょう》のお米問屋の『鯉屋《こいや》』の惣領《そうりょう》息子と縁談がまとまりかけてるって、噂だから
はっきりわからんけど……」

「多分、まとまるだろう。ところで、きょうのお礼をしに三人がくることになったよ」

「へえっ、お礼をしに……？」

「兎屋の律が松ヶ鮨、えーと、美根が平清の折詰め、秩父屋の照が深川ずしを持ってくる
……」

「へえっ、そりゃうれしいこと……。いつ、何があるか、わからんもんだねえ……」

又四郎が八丁堀組屋敷で生まれる七年前からの奉公人であるミネは、手放しの笑顔にな
った。

「六日あとの暮六ツ前だよ」

「それじゃうちでも稲荷ずしぐらい作ろうかね……」

5

立秋《りっしゅう》、冬至《とうじ》、大寒《だいかん》など気候の分かれ目を示す標準点が節気《せっき》で、二十四に分けているが、六日後は白露《はくろ》（陽暦九月八日）に当たっていて、生活時間で刻まれる暮六ッ（ＰＭ６：００）の鐘は六時半頃に鳴る。（正確には六時三十六分）

鐘が聞こえるほぼ三十分前、たそがれの逢魔が刻《とき》に、三人の娘はいそいそと連れだってきた。

親が手配したとみえて、各々《それぞれ》、風呂敷づつみを提げ、丁重な礼状も添えてあった。

取持ち役のミネは座敷に招じ入れて、座らせ、

「きょうはたのしみにしていたんですよ」

と言ったが、飲み食いをはばかって、浅草糞尿譚については触れようとしなかった。

娘たちも心得顔で、一件を口にする者はいない。

座卓に並んだ料理に又四郎は目をほそめて、

「一九さんがまだだが、追っつけあらわれるだろう。待つのも目の毒だ。頂戴するとしよう」

と言いながら猪口を取り、娘たちはミネ手製の梅酒が注《つ》がれた猪口を押しいただいて、

「このあいだは有難うございました」

と乾杯……、一九の座をあけたまま、ミネも加わった。

ほどなく、竪川三ッ目橋近くで打つ暮六ツの鐘音が遠く流れたかと思うと、亀戸天神周辺の光蔵寺《こうぞうじ》・光明寺《こうみようじ》・竜眼寺《りゆうがんじ》（萩寺《はぎでら》）などで打つ入相《いりあい》の鐘音がつづいた。

お寺から流れる晩鐘を聞くたびに、どこにいても、いいようのない焦慮《しようりよ》を引きずった無常感におそわれる、又四郎もその一人であったが、三人の顔を見比べて、

「実感として諸行無常を身につまされるのは、だれが早いか……、律かも知れんな……」

無言でつぶやいた。

宵闇が降りて、しばらくすると、ミネも娘たちも一九があらわれないことを気にしだした。

「急に都合が悪くなったんでしょうかね」

とミネは落ちつかない。

「おれより食いしん坊で、こういうことには目がない先生だから、都合が出来てもくると思うんだが、ひょっとして、おれの伝えたきょうを、あすだと勘ちがいしたか……、そそっかし屋のところがあるから、案外、そうかもしれんよ」

「オレ、行ってみてこようかね……」

とミネが腰を浮かしかけたのを、又四郎は制して、

「おれがひとっ走りしたほうが早い」

と座を立ち、土間へ出ると、ミネと呼びかけて、

「（娘らが）便所を使う時は灯《あか》りを持たせてやるとよかろう。よその便所で浅草の二ノ舞いされては大変だからな……」

「はいはい……」

笑い声を背に、又四郎は庭先から西側の雑木林をぬける小径に吸いこまれ、駈足で遠ざかった。

臥待月が出るのは九時すこし前である。

女四人はミネを中心にさんざめいていたが、ものの二十分ほどもすると、美根が小用に起《た》った。

中型の弓張《ゆみはり》提灯にミネは点火して、持たせた。通り抜け土間を裏へ出たところに釣瓶《つるべ》井戸。右側に納屋、左側に風呂場・物置きの一棟。すこしはなれたその左側、母屋の西北に位置して外便所がある。美根は提灯を手に要心深く入って、踏板をまたぎ、左前に提灯を置いた。

尻を深くおろした。すぐはじまった。

——チューッ……。

ほそい噴水がほぼ水平にとびだした。男とはちがって、各種各様の音をともなう。美根のはオクターブの高い、楽器でいえば、ピッコロかディアパーソンで、出口が引き締まっている証拠。

（うーん……、一九さん、ダシに使って悪かったが、きっかけを作ったのがお前さんだから、悪く思わんでくれ……）

と雨月庵主人の息を殺した声なきつぶやきである。

細工は流々《りゅうりゅう》、仕上げを御覧《ごろう》じろ。日と時間までふくめ、仕掛け舞台を設定したもくろみは、すべて図《ず》に当たった。むろん、一九のほうは何も知らない。ミネも同様。蓋《ふた》をした汲取り口の反対側から這いこんだ又四郎の目は、踏板すれすれの暗がりに爛々《らんらん》と光っている。尻をおろした凹陰《オンナ》と覗姦《しかん》の距離はゼロといっていいほどで、注意しないと吐く息がとどきかねない。

知らぬがホトケの南無阿弥陀仏!!

提灯あかりが、視野いっぱいに拡大された美根の『生きもの』をあからさまにとらえている。内腿から臀部にかける曲線の陰影には、まぶしいばかりのつやつやした輝きがある。陰阜《いんぷ》の丘はふっくらとして大きからず小さからず、丘をウチワ型に薄く這う短めのちぢれ毛は、二筋に岐《わか》れる急傾斜のところで、黒光りする濃い草むらとなり、そのつづきは急にうすれ消えて、つるりとしたアリの門渡《とわた》りを距《へだ》てて排泄孔の小さな茶色が息づいているが、丘の麓《ふもと》からはじまった噴出孔のある空割《からわ》れと、そのうしろのきっちり閉じた陰裂《ワレメ》は、草むらのところで終わり、鮮《あざや》かといっていいまっ赤な唇がわずかにのぞいている。

「フーン……、蠱惑《こわく》の御真ン処、と言っちゃあ、芸がなさすぎる……、車渠瞽上《しゃこでんじょう》の珊瑚《さんご》のアナというべきか⁉」

快心のほくそ笑みを浮かべ、讃嘆の声をのみこむ又四郎だ。が、勝叉又四郎ではなく、死ぬべきか生きるべきかの『ハムレット』を引きずる雨月蓬野のアイデンティティで自問自答、

——これは美根でもだれでもない、股という別個の生きものだ‼

——どうだ、このいまの瞬間に、羽化登仙《うかとうせん》のまま、われとわが命を断《た》ってもよかろうではないか⁉

——そうだ、確かに……、蓬々たる荒野の涯《はて》の野ざらしを希《ねが》ってみたところで、所詮は酔生夢死の知行不合一でしかあるまいからな……。

と……問答するまもなく、噴水がすーっと弱まって、廂《ひさし》を伝う雨水のようにクレバスの

下方を流れながら、ポタポタポタ、ポタポタ、ポタ……、次で雫《しずく》を切る朱肉の動きが、きゅっ、きゅ……、それと重なるように菊ノ花がふくれて、プーッ……、プス……、おまけ付き。笑うわけにはいかない。手が落とし紙（浅草紙）の箱へのびて、丁寧に始末すると、立ちあがった。

美根が戻って、入れ替わりに二人目があらわれた。蝶番《ちょうつがい》の片開き戸の開閉が美根より素早い。提灯の置き方も素早い。着物の裾《すそ》で荒物雑貨屋の照だとわかる。またぎながらまくって、まくりながらしゃがみこんで、動作がすべて早い。

——チュッ、チュッ、チューッ……。

せっかちな断続の放水で、丸く盛りあがった丘を蔽《おお》う草は、密度が薄く、ほそく、長い、風にそよぐ葦《あし》型で、江戸用語にいうところの春草型。ワレメの形状は、ふっくらふっくりの丸味を帯びた陰唇が鋭く内側へ切れこんで、色あいは朱に近い桃色《ピンク》。菊ノ花は小さくすぼまり、翳《かげ》りがきわめて淡い。浅草名物・鶴屋《つるや》の『よねまんじゅう』CM「外はムックリ中はホッコリ」の副産物としてひろがった型分けの饅頭開《まんじゅうぼぼ》であって、仮名草紙『堪《かん》麁軍談《そぐんだん》』に、

——薄毛《うすげ》もきれいにふっくりと、饅頭陰門《ぼぼ》へわがマラがすっぽり這入《はい》ったようだ。

と言われることになりそうな十六歳の照は、素早くおわって、座敷へ……。

つづいて、三番手の提灯が入ってきた。動作の終始がもの静かで、いちばん落ちついていた。袋物「兎屋」の律である。

――シューッ、ッ、ッ……!!

美根・照より太目の放水で、長く、量も多い。明らかに交合経験を示すワレメは橙《だいだい》ろで、美根の柊《ひいらぎ》型陰毛と共同相にプラスして、ひろい額《ひたい》（デルタ）は黒光りするわらび型（or熊手型）のちぢれ毛が濃く、江戸・凹陰《オンナ》鑑定学上、最も男の欲望をそそる、淫猥《いんわい》なること比を見ないといわれる律の股であったが、さらに放水口のあいている空割れの形状に特徴があった。噴出孔の肉が丸くふくれあがっていて、首とは別の生きものの複雑な凹凸に、もう一人の一つ目小僧が存在を顕示していることであった。その一つ目小僧がふくれっ面《つら》でオシッコ放水を演じているといっていい、美醜概念を超越した奇趣《きしゅ》!!

五体しびれきった雨月庵先生、理性も感性も垣根を見うしなう、強烈な妄想に浮遊《ふゆう》した。

（うーむ、む、む、たまらん……、もし、これがイチコロの毒溶液なら、いまこそ、コノ世をばハイ・サヨナラするに、何ぞ、ためらうところやあらん!?）

仰むいた首を突きだし、口いっぱいにあけて飲んでしまいたい衝動に駆りたてられていた。

律はゆっくり拭《ふ》いてから静かに裾をおろした。

「ン……？」

出たあと、弓張提灯がそのまま置いてある。ということは、ミネに言われたものだろう。

案《あん》の定《じょう》、すぐミネとわかる足音がやってきた。

又四郎、新たな期待に、研《と》ぎすまされた五感が戦慄する。

（ミネのたれる景色を拝むのは、これもはじめてだ、フフフフ……）

踏板の蔭にひそむ覗姦魔の思惑《おもわく》をよそに、はっきりした独りごとで、

「若旦那、行ったきり……、一九さんが来ないなら来ないで、もう戻ってもよさそうだよ……、どうしたんだろうねぇ……？」

孫のある熟年からはじきだして、ひと回り若々しい豊かな白い尻が、さがった。娘たちのように鮮かな色あいはないものの、丈夫で長保《ながも》ち、黒々と繁る栗毬《くりいが》型の草むらには、頭の白髪まじりとちがって、まだ白い筋は出ていない。

――シャーッ……!!

春楼春夢の果て、春思のおもむくまま、自慰《あてがき》の手を下腹部へのばしかけた雨月庵であった、が、あやうくストップ。

（ミネをよろこばしてやらんとな。娘どもを送ってからだ……）

きゅーっと雫を切る凹陰の内側へ、ハッとするほどの生々《なまなま》しい深紅色が絞りこまれるのを確かめた又四郎、

「女百歳までだな、ミネは……」

提灯を手にしてミネは去った。

雨月庵の気配も、天神町へむかう雑木林の小径に遠ざかり、消えた。

そしてUターン……、ぶらぶらと歩を運びながらの独りごと、

「美学論というのが、洋学にあるが……、和学にもある。あれだ、うん、あれだ、西芳洲《にしほうしゅう》先生の名論だ。これから読まれるにちがいない、あの小冊子《しょうさつし》が……、おれのいまの気持ちを、あれが代弁してくれておったわけだな、フッフッフッ……」

高輪《たかなわ》に住む五十歳の漢学・国学者西芳洲を、又四郎は春先に蔦屋重三郎の引合わせで知り、うまが合って、その後、芳洲が書いた『開見論《ぼぼみろん》』なる小冊子を贈られ、暗誦するほど何度か目を通していた。

――（原文）余性色不好、好者而在屄、人或者非之……（下略）

――（読みくだし）余性《よもと》ヨリ色《いろ》ヲ不好《このま》ズ、好ミハ屄《ひ》ニ在《あ》リ、人或《ひとあるい》ハ之《これ》ヲ非《そし》ル、余曰《よいわ》ク、屄ハ本也《もとなり》、色ハ末《すえ》ナリ、君子《くんし》ハ本ヲ務《つと》ム、然《しか》モ世人未《せじんいま》ダ屄中《ひちゅう》ノ趣キヲ知《し》ラズ、徒《いたずら》ニ容色《ようしょく》

美麗《びれい》ヲ是論《これろん》ズ、何ゾ惑《まどい》ノ尤《もっと》モ甚《はなはだ》シキ……（中略）……古人《こじん》ニ言有《げんあ》リ、十開《じゅっかい》十味《じゅうみ》百御《ひゃくご》百《ひゃく》趣《しゅ》、ト、……（下略）

――（通釈）元来、私は女の色気など好きではない、好きなのは陰門そのものである。他人は私の陰門第一主義を何だかんだと非難するが、私に言わせれば、陰門こそ女性の根《こん》本《ぽん》であって、色気などは第二・第三の問題でしかないのである。才徳を備えた人間（君《くん》子《し》）は根本を第一番にするものだ。ところが残念なことに、世の人々は男女とも、いまだに陰門そのものの味わいを理解せず、無駄なことには、縹緻《きりょう》のよしあしや、色気のあるなしばかりを、ああでもない、こうでもないと論じている。はなはだしいマチガイであると言わねばならん。……先輩はこう言っている。十人の陰門には十の味があり、百人の女と交《まじ》われば百種の趣きがある。男たる者、一人のいい女を抱くより、十人の平均的な女をものにするにこしたことはない。私は陰門そのものが好きなのである。であるから、根本を務めていると言うべきである。愚かにも、そういう私を世の人々はますます非難する……

（下略）

又四郎、つぶやいた。

「屄（陰門）ハ本ナリ、色ハ末ナリ……。その通りであることに異論はないが、芳洲と雨月蓬野はちがう。生きる絶望の度合いがちがう。所詮は不可能であっても、生きものとしての首（頭）と股（陰門）を、同一体ではない、何のつながりもない、別個のものとしてとらえなければ、おれのおれたる理由《いわれ》がないはずだ。雪隠ノゾキ美学の要諦《ようてい》だ。よし、この先、どこまで試《こころ》み……、いや、試行錯誤が重ねられるかだな……」

女たちの笑いを交えた声が聞こえ、又四郎は駈足で表口へ近づいた。

臥待月が顔を見せるまでには、まだ三十分以上の間がある。

土間へとびこむなり、又四郎は座敷に声をかけた。

「一九先生、急に癪《しゃく》（痛い）がおこって、痛味はおさまったんだが、用心して、遠慮することになったよ」

「そりゃまぁ災難なこと。せっかくだったのにねえ……、日頃の食いしん坊の報《むく》いだなんて言ったら悪いけど……」

と言うミネに、娘たちは苦笑いしてうなずき合った。

牡《ぼ》丹《た》餅《もち》&いそぎんちゃく

1

独《ひと》りぐらしの古い茅葺《かやぶ》き家を取りかこむ、人の背丈より高目の竹の四ツ目垣には、フクベ、百成《ひゃくなり》、千成《せんなり》などの、数種類の瓢箪《ひょうたん》の巻きひげが這《は》って、縦横に絡《から》みあい、実《み》が鈴なりにぶらさがっている。

ひと雨ごとに秋色が深まって、そこはかとない愁思を誘う秋日和《びより》の九ツ（正午）に近い頃。

自家用野菜を育てている五～六十坪の庭に面した縁先で、あるじの五十男が、乾燥させた小さな瓢箪《ひょうたん》を細工しながら、緩急《かんきゅう》不定の節《ふし》まわしで〝ひょうたん節〟を口ずさんでいた。

ほうれ
あまりの　さみしさに
垣に　ひょうたん　つらせた
折しも　風　吹いて

あなたのほうへ　からころひょ
こなたのほうへ　からころひょ
からころ　からころ　からころひょ
からころ　からころ
ひょうたんの　つらせたは　イヨコノ
まことにもって　何よりおもしろい
ほうれ
……

百年前の元禄《げんろく》年間（一六八八～一七〇三）、居住人口の増大で大江戸とよばれるようになった江戸を中心に、周辺の広域一円で流行《はや》った、作者不明の歌だが、一《ひとつ》に〝浪人節〟ともいわれた。

大名家取潰し&武家人口リストラの挟み打ちで、生きていくための定職を失った、かぞえきれない失業武士の吹き溜まりの江戸。

よほどの幸運にめぐまれないかぎり、転職～再就職の方途もない彼らの悲哀を、巷《ちまた》の片隅の垣につらせたひょうたんに託して、風のまにまにもてあそばれるわびしい風情に、やり場のないわが身を嘆いた、その浪人の一人が作った歌だそうだ、といわれるのは的《あた》っているだろう。

流行のおもむくところ、垣のひょうたんは時の流れに消え去って、ひょうたん節を口にする者もめったにいない。

「折しも　風　吹いて……、腹へったな、ン？　弁慶《べんけい》……」

男は手を止め、傍《かたわ》らに寝そべっているうすい茶縞《ちゃじま》の雄猫に声をかけた。

「ンニャ……」

わかるとみえて、雄猫弁慶は目をあけ、座りなおした。

「もう、ちょいでおわるからな、それからメシにしよう、な……」

「ニャー」

男の相好《そうごう》がくずれた。目の中に入れても痛くないといってもよさそうな、手放しの笑顔である。

ふたたび手が動きだした。薬壺《やくつぼ》ヒサゴとよばれる印籠《いんろう》を作っている。

「あなたのほうへ　からころひょ　こなたのほうへ……、ン？　……」

垣の外に足音がして、枝折戸《しおりど》から男が庭先へ入ってきた。

「こないだは、どうも、清内《せいない》師匠……」

「ああ、出来てますよ、旦那、こないだの頼まれもの……」

「だろうと思ってね……」

「さ、お掛けなすって……」

あるじ清内は、「頼まれもの」を取りに室内へ入っていった。弁慶が清内にくっついていく。

訪問者は縁先に腰かけると、ひょうたん印籠を手に取って、ためつすがめつ打ち眺め、うーん……とうなずいた。両刀を帯びた道服《どうふく》ごしらえで、袷羽織《あわせはおり》を着ている勝叉又四郎《かつまたまたしろう》こと雨月蓬野《うげつほうや》である。

勝叉又四郎、南町奉行所同心・物書役（警部級）を辞任、〝礫《つぶて》ノ勝叉〟といわれた警吏の身から黄表紙作者・雨月蓬野に転身して三十七歳。

江東《こうとう》の端《はず》れ、竪《たて》川の北にひろがる草深い柳島村《やなぎしま》――ゆるやかに蛇行して荒《あら》川寄りの亀《かめ》戸《いど》村へのびている水路（灌漑溝《かんがいこう》）に近い雑木林の奥に、ぽつんと草屋根の古い一軒家があって、まわりの住人は『雨月庵』とよんでいるが、半月ほど前、

――墨《すみ》入れと筆入れに分けた、金物《かなもの》じゃない印籠矢立《やだて》がほしいんだが、弥平次《やへいじ》に訊いてみるか。

と又四郎は家政婦ミネに言った。

ミネは又四郎が八丁堀《はっちょうぼり》組屋敷で生まれる七年前からの奉公人で、来年、還暦《かんれき》をむかえるが、一人息子の弥平次は浅草界隈《あさくさかいわい》で指折りの指《さ》しもの師になって、数人の徒弟を置いている。

ミネ、言うには、

――アレ（弥平次）は細工師じゃないもの、印籠矢立なんか作らんと思いますけどね。

――わかってるよ。相談してみようってことさ。

――それなら、若旦那、耳よりな話がありますよ。ついこないだ聞いたばかりなんだけど……。

――どこの話だ、浅草か？

――押上《おしあげ》（村《むら》）の清内さんていう細工師ですよ。

――近いな……、押上の、どのあたりか、わかるか？

――鳥居が建ってる妙見《みょうけん》サン（妙見院）のそばで、見たわけじゃないけども、垣根がひょうたんで一杯だとか……。どんな細工物でも、切出し一本で作っちまう人で、独り者だっていう話だけど……。

――フーン、知らなかったな、そんな工匠《たくみ》が押上におったとは……。

――何でも、芝《しば》のほうから越してきて、三年ぐらいしかたってないっていう話ですよ。

評判になったのはこのごろだっていうんだから……。清内さんとやらに印籠矢立を頼んでみるとするか……。

――ああ、そうか、それならな……、ひとつ、清内さんとやらに印籠矢立を頼んでみる

翌日、又四郎はほど近い亀戸天神《てんじん》町の十返舎一九《じっぺんしゃいっく》から借りた本を返す用事があって、出かけたその足で、清内の家を訪ねた。

浅草隅田《すみだ》川と荒川をむすぶ掘割・中十間《なかじっけん》川（源森《げんもり》川）沿いの南側にひろがる広い農業地帯が押上村で、寺と大名の下屋敷が散在しているが、源森川と横十間川の分岐点にある妙見院が目印になって、ひょうたん垣根の清内宅は、さがしあぐねることもなかった。

妙見院の脇を通る農道を三百メートルほど南へ入ったところの一軒家で、家の北側にこんもりとした雑木林があり、農家ではなく、町方の隠居所か別宅だったらしい趣《おもむ》きの住居である。

私はこういう者ですが、と有りのままの自己紹介をして、

――印籠矢立を、ぜひ……。

という又四郎の依頼に、清内はこころよく応じた。

――材質や何《なん》かはまかせてもらうとして、手前《てまえ》（自分）なりのものしか出来やしませんがね、雨月どの、あ、旦那にとっちゃあ、大事《でえじ》な商売道具だから、傑作が出来るように、

念を入れて作らしてもらいます。

——代価は、いかほどで?

——作ってみたうえで、と言っちゃ何《なん》だから、二朱《にしゅ》までっていうことにしておいてください
さりゃ……。

——二朱……、心得ました……、後払いでもよろしいですかな?

内心、吃驚《びっくり》の又四郎、

(予想より一ケタ安い!!)

半ば無意識に又四郎の言葉遣《づか》いが改まっていた。

当文化《ぶんか》三年(一八〇六)の銭相場は左のようになっている。

　法定価——金一両＝銭四貫文
　実勢価——金一両＝銭六貫七百三十文
四進法では「一両＝四分＝十六朱」なので、二朱は約八百四十文。

十二~三日後には受取りにきてもらってよろしい、といわれて、清内宅をあとにした又四郎は、ひょうたん垣根を振返りながら、小首をかしげ、

——どんな事情で武士を捨てたのか? 廃業したのか、廃業に追いこまれたのか? おれは廃業した組だが、あの仁《じん》(人)は、はて? どうも、おれと同類の世捨人《よすてびと》の匂いだ。

弁慶とよんでた猫が、たったひとりの家族らしいが……。そういや、ひょうたん垣根が、昔、ひょうたん節と一対《いっつい》の浪人譚《ばなし》で流行した時代があったことは、紀海音《きのかいおん》の『心中涙の玉の井』にも書き残されているんだから……。

清内をもと武士と見ぬいての独りごとであった。

予定の日が過ぎて、又四郎は日本橋《にほんばし》の版元へ出かけた足で押上へまわってきたものだが……。

「桜を使いました、このとおり……、まぁまぁでございますよ」

桜の幹と瘤《こぶ》をそれぞれ筆入れと墨入れに木目《もくめ》そのまま生《い》かした特徴ある印籠矢立で、磨いた木肌《きめ》に透明膠《にかわ》をかぶせた、素朴な風情を持つ作品であった。印籠と筆入れはワラビ紐《ひも》でつながれ、腰帯にひっかけて携行できるようになっていた。

とっくりと検分した又四郎は、大よろこびの大満足といった為体《ていたらく》で、

「世には千金を投じた印籠矢立を自慢して、それだけで人間が偉くなったといわんばかりの鼻息吹かすオメデタ悪党が目につくが、この私は世捨人ですからな、清内印籠が持つ天然自然の風趣を損《そこ》ねるようなことはしますまい」

と言いながら、計数貨幣の安永南鐐銀《あんえいなんりょうぎん》（二朱）を置いた。

又四郎の、お世辞のつもりはまったくない最大級のホメ言葉に、意外にも清内は何の反

応も示さない眉一筋うごかさずといった、むしろ、憮然《ぶぜん》としたような表情を見せて、

「頂戴しますで……」

南鐐銀を手に取って、軽く押しいただいて、懐中に納めた。

「まことに二朱の代価でよいのでござるか？」

清内ははっきりうなずいて、

「高いも安いも、手前にゃ関係のないことなんで……、高く売ってカネを貯めたところで、手前の生きてる値打ちがどうこうなるもんでもねえし……、物の値打ちもおんなじことなんで……」

「人も物も、値打ちは、あってないようなもの、と？」

「お察《さつ》しの通りでございますよ。何でもかんでも、意味をくっ付けようってのが、世の中でございましょう」

「いや、わかるような気がしますな……、この私も、何かにつけて意味付けして、無理に生きてると思ってるような一人だから……」

「旦那もやっぱり……」

はじめて清内はにっこりした。わが意を得たと言いたそうに。

「やっぱり……というと、清内さんも？」

「意味のある世の中からはじき出されちまって……。うん、お茶でも差し上げましょう……」

奥へ立ちもどった清内は、台所でごとごとやっていたが、まもなく、お盆を運んできた。くっついて歩く弁慶は台所で昼メシをはじめた気配である。お盆には駄菓子ものせてある。

「それにしても、この出来は、名匠、いや、名人の評判にたがわぬものですな……」

お茶を飲みながら、又四郎は手にしていた印籠矢立を置きなおした。

「名人ねぇ……、旦那らしくもないこと言いなさる」

「ン?……」

「ばかばかしい意味付けの見本でしょうが、名人呼ばわりってのは……。五年も、十年も、十五年も、おんなじことを百億万遍もくり返してりゃ、こんなもの、バカでも出来るってことですよ……」

「………」

「手前にしてからが、仇討《かたき》ちに絡んで、生国《くに》を追ン出されてからというもの、細工物しかやることがなくてね、それだけの話ですよ」

「仇討ち……?」

「旦那の黄表紙のタネにゃならんかも知れんけど、猫の仇を討ったんで……」

「ほほう、そりゃまた……」

「人に話したことはねえんだが……」

「それで……?」

又四郎の顔を見なおした清内は、やや間《ま》を置いて、

「雨月さん、妙な人ですな。話してみたい気持ちにさせるとは……」

口調が変わった。

「私が世捨人のせいでしょう」

「お互いさまということになりますかね」

2

初対面で、清内の前身を武士と見抜いたことは的《あた》っていたが——猫の仇討《かたき》ちとは⁉

東海の小大名に仕《つか》えて、譜代《ふだい》の百石であった。

当時二十三歳で妻帯前の清内は、二匹の猫母子を可愛がっていたが、運悪く、同僚の飼犬に母子とも嚙み殺されてしまった。

飼主のAはそれを知らずにいた。何日かたって会合があり、散会した夜のかえり途《みち》、清内はつれだっていたAに「不運な事故」のことを話した。

同じ方向へ戻る年上の同僚が二人いて、四人づれの路上で、ことはおこった。

清内は飼主Aを咎《とが》めたわけではなかったが、母子猫の惨死以来、人生の伴侶を失ったような思いをひきずり、ひどく落ちこんでいたため、

——おれの部屋から声をかけられる場所に墓を作ったんだが……。

と言いながら、半分、涙声になっていた。

そういう場合、加害者側に立つほうは、最低限でも、可哀想なことをしたな……と応答するのが普通であって、ことはそれでおさまるが、

——女々《めめ》しいこと申すな、たかがケモノではないか……。

とAは吐きすてた。

——いや……、人も猫も同じ生きものだ、心がある、魂《たましい》がある……。

——人と猫の区別も出来んとは、貴公、気は確かか!!

——いや、わからんのなら、もういい、やめよう……。

——よくはない、侮辱だ!!

——ばかな……、侮辱は、貴公のほうだろうが……。

——撤回しろっ!!

——そんな理由《いわれ》はない……。

何かの原因で虫の居どころが悪かったという別の誘因も絡んでいたのか、激昂したAはいきなり抜刀した。激昂は清内も同様で、他の二人が割って入るゆとりもないまま、受身の抜刀となり、刀は互角の力量であったが、二〜三合《ごう》で決着がついた。肩ぐちの深傷《ふかで》に倒れたAは、一日後に死んだ。

裁判では、つれの二人が一部始終を詳細に証言した。斬りつけたのはAで、Aのほうがきわめて理不尽（一方的）であった、と二人とも清内の肩を持った。

家老・大目付ら裁きに当たった者は、裁断にこまった。

果し合い（決闘）として扱えば、勝ち残った者は切腹（斬罪）の処置になる。偶発的なケンカの場合も、原則は喧嘩《けんか》両成敗だが、ケース・バイ・ケースで、処刑されるとは限らない。

清内のほうから申し出た。

——猫母子のために一生をおわる結果になっても、異存はない。

裁断は、

——当人追放。家は身内の者によって存続させる。A側による仇討ちはこれを認めず。

となった。

藩内には「猫の仇討ち事件」として話が残った。

以来、三十年……。

具体的に地名・人名をあげないで過去を話した清内は、

「たどり着いたのが、ひょうたん垣根のひょうたん節で、左様ですな、生きるメドは、あの弁慶と寿命だけは共にしようと心にきめていることですかなぁ……、まぁ、日々平穏というところですが……」

と苦笑いした。

「中途半端な私から見ると、羨《うらや》ましい思いがしますよ。手前などは迷うことと腹が立つことばかりで……」

「傍目《はため》にはよく見えるものですよ。そりゃあ私も、生死と引替えるような怒りに駆《か》られたのは、いまの話の一件だけですが、猫を殺して三味線の皮に使ったり、それを弾《ひ》いて興《きょう》がる無数の輩《やから》が、何の疑いもさしはさまずにまかり通る世の中を見ると、てめえの面《つら》の皮を剝《は》ぎ取って三味線に張り貼りつけたらどうだと言いたくなるわけで……、それを口にしても、異口同音《いくどうおん》に、寝ごとをぬかすなでおわる世間ですからな……」

九ツの鐘がきこえた。話しこんで一時間近い。

「どうやら、地上で無用のものは、われわれ人間だけ、ということになりかねんようですな……」

「いやぁ、先取りされましたな、言いたいことを、フフフッ……」

フフフ……と又四郎も笑って、顔見合わせたところへ、

「あの、あの、えらいことになっちまったんですよう……」

女が息を切らしながら小走りにとびこんできた。半白髪《はんしらが》をひっつめ島田《しまだ》に結《ゆ》った、福々《ふくぶく》しい丸顔の、清潔な身なりで、町家のおかみさん風である。

「どうしたんだね、しずさん……」

「どうしたもこうしたも……」

「あ、こちらさんは気の置けないお方だ、遠慮しねえでいいよ」

しずという女は、同じ農道の二百メートルほど先に住んでいて、これまた一軒家の独りぐらしであった。村では、

——髪結いのしず寡婦《やもめ》。

と呼んでいる。妙見サンの境内に小さな髪結所を出して、日中、午前十時から午後三時頃まで出勤、そのわずかな収入でほそぼそとくらしをたてていた。

お互いに独りぐらしで、家が隣り同士ということもあって、清内と親しくなり、手まめ

に作ったお菜《かず》などをときどきしずのほうから届けたり、という間柄になっている。

天涯孤独の清内とはちがって、しずは源森川沿いの浅草寄りにある中之郷《なかのごう》瓦町《かわら》一の老舗《しにせ》・太物商《ふともの》（木綿物《もめん》）大黒屋《だいこくや》先代主人の妹なので、大黒屋がしずの実家になる。

若くて夫と子供に病死され、十数年のあいだ旗本屋敷の女中奉公に出て、大黒屋へ戻って台所の切盛りをしたあと、兄が他界して、若夫婦の代になると、実家をはなれ、当時では稀《まれ》なケースといわれる野中の独居ぐらしをはじめたものだが、結髪《けっぱつ》技術は女中勤めのあいだに習得したもので、多少貯えておいた屋敷の給金と髪結い収入で、義理にもぜいたくとはいえない程度のくらしは、とにかく成り立っていた。

ところが、最近になって、思ってもいない大金がしずに舞いこんだ。たまたま知合いへの義理で、押しつけられて仕方なく買った目黒不動尊の『富《とみ》くじ（宝くじ）』で、百両が当たったのである。

さしあたり、しずは使う用がないので、実家の大黒屋夫婦に預かってもらったことが、災難の因《もと》になった。

今朝方、月が落ちた暁闇《ぎょうあん》の暗がりにつけこんで、押上村の者とおぼしい三人の男が強盗に押しこんできた。顔に墨を塗ったのが二人、朱を塗ったまっ赤な鬼が一ぴき、三人とも若者で、どこのだれやらわからない。

——百両当たったそうじゃねえか、婆さん、ないとはいわせねえぞ。

——命が惜《お》しけりゃあ、おとなしく出すこった。

——さぁ、早く出せ。出しさえすりゃあ、命を取ろうたぁいわねえ……。

叩きおこしたしずに匕首《あいくち》を突き付けて脅《おど》しかけた。

恐怖のしずは答えた。

——何で富くじのことがうわさになったかわからんけど、おカネは実家に預けてあるから、ここには一文もありませんよ。大金だからね、ここに置いちゃあ不安だと思って、預かってもらったんですよ。ウソだと思ったら家探《やさが》ししたっていいよ。

——チェッ、信用になるかよ。

——ようし、探してやる。

——見つかったらただじゃ置かねえからな……。

三人手分けして家じゅうをシラミ潰しに探し回ったものの、事実、実家の大黒屋に預けてあるので、見つかるわけがない。がっかりした三人は、

——なら、ほかにカネがあるだろう。百両でなくてもいい、有りったけ出せ。

——その日ぐらしで、やっと食べてるんだからね、余分のおカネがあるわけないでしょう。それでも疑うんなら、あばら家じゅうどこでも探すといいよ。

三人は所くまなく探しまわったあげく、一文も見つけることが出来なかった。

しずのわずかな生活費は小箱に詰めて、要心よく、囲炉裏《いろり》の灰の隅っこに埋めてあり、必要な分だけ取り出しては埋め戻していたので、そこまでは三人も手がとどかない。目の色変えての躍起のはてが、徒労に帰《き》してしまった。

とうとう諦めて立ち去りかけた三人は、よくあることで、ふと気が付いたように、

――腹ばかり減りやがったわい、メシ食わせろ。

と要求した。

――ひとかたづけ（一回分）ずつでくらしてるんだから、余分に振舞えるものはなんにもないけど、夕方、実家からもらった牡丹餅《ぼたもち》が仏壇に供《そな》えてあるから、それでもいいんなら食べていくといいよ。

としずは答えた。牡丹餅は大皿に十五～六個もあった。大黒屋のお手伝いが届けてきたものだが、しずは晩メシがすんでいたので、明朝を楽しみに手をつけないで、そのまま供えておいた。

三人ともとび付くようにして食いだした。

――うん、こいつぁうめぇ……。

――甘味《あまみ》が効《き》いてらぁ……。

空腹だったらしい三人は、むしゃむしゃぱくぱく、息もつかずに食いながらお茶を要求した。恐怖にちぢみあがったものの、とにかく、怪我や災害をこうむらずにすんだしずは、お茶を用意して、早く引き揚げてくれることを願った。大きな牡丹餅なので、ぜんぶは食べきれず、三個残った。

――カネの替わりにボタ餅たぁ、チェッ、しけた話だ……。

満腹した三人は捨てぜりふを吐いて立去ろうとしたが、突然、赤鬼が腹を折りかかえるようにして、

――おい、婆ぁ、万金丹《まんきんたん》か何かあったらくれよう……。

と言いだした。

――万金丹はあるけど、どうしたの?

――腹痛ぇんだよ、いや、焼けるみてえなんだ……。

――そりゃこまったね、いま出してあげるよ……。

(ヌス人《ツト》にクスリは聞いたことない話だけど……)

と思いながら、しずが薬箱から万金丹を取り出すあいだに、間を置かず、他の二人も、

――おれもだ、おれも……、おれにも万金丹くれ……。

――おれもよう……、なんだか知らねえが、ハラワタ、火事になってきやがったみてえ

だぞ……、早く、万金丹くれ……。

一様に苦痛を訴えはじめた、という異常事態である。常備の万能薬といわれて、鎮痛・解毒作用を主とする万金丹をあわててのんだものの、おさまるどころか、段々と激化するばかりで、

——うーっ、た、たまらねえ……、ぐぇー……。

——ワ、ワ、ワ……、うう、うーっ、く、くるじぃっ……、ハラワタ、焼ける……、な、なんとかしてくれっ……。

——ハラワタ、ちぎれるう、ちぎれるよう……、うーっ、助けてくれっ……。

吐くやら、唸《うな》るやら、ころげまわり、のたうちまわって、七転八倒、阿鼻叫喚《あびきょうかん》の為体《ていたらく》となった。ほどこす術《すべ》がないので、しずは手をこまねいて見守りながら、

——欲の皮つっぱって、富くじ金めあてに押込んだりするから、神様の罰があたったんだよ。楽《らく》になるまで苦しんだほうがいいよ。死ぬほど苦しんだら、お前たちにもクスリになるだろうからね……。

とつぶやいた。仮想現実《バーチャルリアリティ》として『死のゴール・イン』は予測しなかったものである。

実家からもらった牡丹餅との因果関係について気がつかず、

——昨夕《ゆうべ》つくったばかりのボタ餅に食中《あた》り（食中毒）するなんて、罰があたった証拠だ

よ。

としか考えなかったのは、冷静なつもりでいて、そうではなかったということだろう。

野中の一軒家なので、泣き叫ぶ声を聞きとがめて駈けつける者もいない。

やがて、阿鼻叫喚は次第に弱まって、五ツ半（午前九時）頃に止んだ。

3

「顔を洗ってやりましたら、やっぱり、顔見知りの若い衆でございましたよ。富三郎《とみさぶろう》に伊《い》太郎《たろう》、岩吉《いわきち》……」

「フーン、富三郎だけはおれも知ってるが……」

「御番所筋へ知らせにいこうかと、線香焚《た》きながら迷ったんですけどね……、なんだか、オレが殺したとでも思われやせんかと、いやな気がして……」

「それで、ここへか……、わかったよ。お前さんが殺《や》ったどころか、しずさん、お前さんが命拾《びろ》いしたんだよ」

「え……？」

「残ったボタ餅、まさか、お前さん、食っちゃいねえだろうな？」

と清内は念を押した。

「食べてなんかいませんよ、そんなゆとりもなかったし……、あ……」

「ボタ餅に毒が仕込まれていたんだよ、お前さんを殺《や》るためだ」

「う……、や、やっぱり……」

しずの顔が硬ばった。改めて図星を指され、思いあたった、という狼狽《うろたえ》ぶりに、清内は苦笑して、

「やっぱりもさっぱりもねえだろうよ。おれの見たとこじゃあ、仕込まれたのは石見《いわみ》銀山だな……」

「ひぇ……」

「それにちがいあるまい」

はじめて又四郎が口をはさんで、うなずいた。

「ちょうどよかったと言っちゃ何だが、しずさん、こちらさんは雨月先生、本名を勝叉又四郎さんといってな、もとは、南御番所の腕利《き》きで鳴らしたお人だ」

「はぁ……、そりゃ、ま……」

縁先に掛けた腰を浮かして会釈《えしゃく》するしずに、

「とんだ行きがかりになったものだが、ことがことだ、毒殺犯の問題が出てきたわけだか

ら、私もこのまま戻るわけにいかなくなりましたな……。こいつは、へたに騒ぎだてして大っぴらになると、後始末がむずかしくなりかねんでしょう。さいわい、だれもまだ知らんのだから、手順の取りちがえさえしなければ、きょうにも一件落着ということになりましょう」

と又四郎は言った。休眠状態を叩きおこされた警吏の目付きになっていた。

「さしあたり、旦那におまかせするとして、使い走りでも何でも、手前も協力さしてもらいますが……」

「いや、頼みますよ」

「腹が減っちゃいくさは出来ねぇでしょうが……、ちょい、お待ちなすって……」

台所へ入った清内は、すぐ、又四郎としずを囲炉裏ばたへ呼びこんだ。メシに小魚の佃煮《つくだに》とタクワン。

「すまんですなぁ、清内さん……」

「なあに……」

「とんでもないことでえろうご迷惑かけてしもうて……」

と涙ぐむしずも、男二人が食べだしてから、ようやく箸《はし》を取った。

食べながら又四郎は十二年前の珍しい事件を思いだしていた。

（アレと同じだ、赤坂一ツ木町《あかさかひとつぎ》であった一件と……）

裏長屋の借家住いをしている若い独り者の男が、湯島《ゆしま》天神の百両富くじに当たった。男は天神に礼金として二十両を奉納させられ、六十両を大家（管理人）にあずけて、手もとに残った二十両のうちから、あちこちにたまっていた借金を返したうえで、日頃の念願であった食いたい店を食べ歩き、さらに家具調度品まで買いこんだ。

が、二十両という大金をその日ぐらしのペースで費《つか》いきれるものではなく、まだ三両ばかり残っていた。

大金富くじの噂《うわさ》はひろがりやすい。夜中、男の家に三人組の強盗が押し入った。

――こないだ百両当てたそうだが、こっちへ渡せ。もし、いやだとぬかすんなら、命はねえぞ。

匕首を突きつけられた独り者の男は、手もとにその大金がないので、大しておどろきもせず、

――いわれるとおり、富《とみ》を取ったのはホントだけど、二十両は礼金として神社に納めたし、六十両は大家さんに預けてあるし、あとの二十両は借金や何かにまわしちまったんで、いまの手持ちは三両にも足らなくなりました。それでよかったらあげましょう。

と言って、懸《か》け硯箱《すずりばこ》の引出しからカネを取り出した。

――チェッ、とんだ見込みちがいだわい。

――しけた野郎だ……。

ないものを出せとは言えないので、受け取った三人組は、捨てぜりふを吐いて立ち去ろうとしたが、室内をきょろきょろ見まわしていた一人が、片隅に置いてある二升入りの酒樽を見つけた。

――おい、いいものあるぞ、酒だよ……。

――行きがけの駄賃《だちん》だ、一杯やらねえってえのは、ねえな、うん……。

栓を抜いて、三人は勢いよく茶碗酒を何杯もひっかけたあげく、

――へっ、この夜寒《よざむ》に酒まで付いた三両だからな、まぁ、いい収穫《みいり》だったたっちゅうことだぁ……。

などといい散らしながら、ご機嫌で往来へ出たとたん、三人とも猛烈に苦しみだして、次々と倒れ、寝しずまっているさ中、異様な叫び声に夢路を破られた人々が、何ごとならん……ととび出した時には、のたうちまわっての七転八倒、わけがわからず、なす術もなく取りさわぐうちに、死のゴール・インとなってしまった。

通報をうけて立ち合った役人が調べた結果、富くじを当てた独り者の家で、強盗ついでに酒を飲んだことが判明した。酒に石見銀山が仕込まれていたことも……。その酒樽は、

六十両を預かった大家の山田新左衛門《やまだしんざえもん》なる者から、預けた独り者の店子《たなこ》に『お祝い』として届けられたばかりのものであった。即時、大家は逮捕、牢屋入り。ひと月足らずで裁断となり、断首された。

――店子○○を毒害して、六十両を横領せんと企《たく》んだことは明白である。山田新左衛門、よって死罪。

又四郎が関与した事件ではなかったものの、小伝馬牢《こでんま》で斬首された山田新左衛門の名前だけは、記憶にはっきりしていた。六十両の毒殺横取り自体は未遂におわっているが、当時、カワラ版に、

――大家の山田は人を毒せんとして、その身をほろぼし、盗人は人をおどして、その毒をこうむる。これまさに眼前の報《むく》いというべきにやあらず。

と印刷されて江戸じゅうの話題になった、きわめて特異な一件であったことだからでもある。

寡婦しずに降りかかった毒殺未遂の災難は、カワラ版が書きたてた「眼前の報い」――因果応報サイクルの再現といっていいもので、酒樽が牡丹餅に変わっただけのことにすぎない。

(犯人はアノ一件を覚えてててやったのかも知れんが……、よし……)

食べおわった時、又四郎の取る手順はきまっていた。

「清内さん、さっそく使い初《ぞ》めさせてもらいますよ」

その場で、又四郎は清内作の印籠矢立に墨汁《ぼくじゆう》と筆を入れ替えて、腰に付けると、にやり……。清内もにやりとして、

「うん、お似合いだ……」

「腹ごしらえも出来たし、現場へ行ってみるとしますか……」

清内は縁先を片づけ、戸障子を閉めてから、弁慶に言った。

「留守番、たのむよ、な……」

「ンニャ……」

総髪銀杏《そうはついちよう》に羽織・道服の雨月庵と、銀杏くずしに半纏《はんてん》・股引《ももひき》の細工師清内と、ひっつめ島田の老婦と、ちぐはぐな組合せの三人は、農道の先の小径《こみち》をすこし入った一軒家へおもむいた。

台所・囲炉裏部屋・畳部屋一つの小さな古藁葺《わらぶ》き家で、これも隠居所か別宅だったらしい。

三つの死体は炉ばたにきちんと並べてあり、線香は燃えつきて、残り香が漂っていた。

まわりはきれいに拭き潔められ、三つ残った牡丹餅には布がかぶされている。

「そりゃ押込みに入ったのは悪いけど、みんなまだ若いのに、こんな死に方するなんて、気のどくに……、これも、天運のめぐりあわせとでもいうんでしょうかねえ……、死んだら悪人も善人もないんだから、成仏《じょうぶつ》してくださいよ、ナンマンダブ、ナンマンダブ……」

と合掌するしずに、又四郎と手分けして検《しら》べに当たる清内が、

「寿命ってもんには、老いも若きもねえんだよ。お前さんのいう天運のめぐりあわせっていうやつだ。天運から見て、用済みになったのが、アノ世行きってことさ。値打ちのあるなしにゃかかわりねえ。善人も悪党もだ。おれなんか生きていたくねえと思っても、天運が用済みにしてくれねえとみえてな……。何でも欲で見るから、無駄な同情することになる。その分だけ心の荷が重くなって、お前さんも寝つきが悪くなるはずだからな、気のどくがるのは止《よ》したほうがいい、な、しずさん……」

と噛んでふくめるような言い方をした。

あっけに取られた様子のしずは、間を置いて、二度、三度、うなずくと、

「いいこと聞かしてくれましたね……。眠れなくなるんじゃないかと思っていたんだけど、おかげで気が軽くなったような気がしますよ、清内さん……」

と納得顔で答えた。

「ミもフタもねえっていわれるかと思ったがね、物わかりいい人だ、見なおしたよ」

「いろいろなめに遭ってきましたもの……」

「そうだな、若寡婦《わかやもめ》に、座敷女中に、おかみさんに、髪結いか、フフフ……」

「アハハハ……」

高笑いしたのは又四郎で、つられて二人も笑った。

「一件落着したら、ひょうたん家《や》でも、雨月庵でも、ここでも、どこでもいいが、一杯やろう、ということにして……、まちがいなく石見銀山だ、それも強く仕込んである……、この有様だ……」

又四郎は屋内用の小塵《こちり》取りに掃《は》きあつめた虫を示した。掌《てのひら》にいっぱいほどの蠅《はえ》の死骸に虻《あぶ》、蟻《あり》なども混じっている。牡丹餅にたかったその結果であることは、説明するまでもなかった。

「うーん……」

「ひどい……」

笑っているどころではない。顔見合わせる三人の目は、それぞれ抑《おさ》えようのない怒りの凶々《まがまが》しい目つきに変わっていった。

下世話《げせわ》（世間ばなし）にいう石見銀山。洒落本《しゃれ》では、

——アア、腹を切るは痛し、首を絞めるは咽《のど》がつまる、さいわい有りあう石見銀山《新《しん》吾左出放題盲牛《ござでほうだいもうぎゅう》》。

とてもはやされる、自殺or情死or心中の猛毒即効薬であって、後世の名称は——三酸化砒素《ひそ》。一人あたり〇・一～〇・三gで致死量となる。

石見銀山・砒石《ひせき》・三酸化砒素・猫いらず・亜砒酸《あひさん》etc、意味は同じ。

額《ひたい》をよせる三人の耳に八ツ（午後二時）の鐘音がきこえてきた。

「そこで、取りあえず、死体を隠しておくとしよう……」

と又四郎は言って、使い初めの清内作・印籠矢立を取り出し、持合せの紙に用件を箇条書きにしたためた。

清内がそれに目を通してから、了解したとみえて、半纏のふところに入れた。

4

源森川沿いの中之郷瓦町は、かなり広い町家街で、中通りの中心部に、しずの実家である間口《まぐち》十二間（22メートル弱）の大黒屋があって、日本橋界隈のような軒並み専門店街とは異なり、木綿製品の太物類を主力に、一部呉服《ごふく》類（絹物）のほか、袋物・小間物も扱い、しずの話どおり、なかなかの商売熱心であることを示していたが……。

家族は、しずの甥《おい》にあたる四十代半ばの主人夫婦、近く妻帯する長男、少年の次男、嫁ぎ先のきまった長女、末子の次女、奉公人は手代《てだい》一人、丁稚《でっち》二人、下女（手伝い）二人で、総員十一名。

七ツ（午後四時）にはすこし間のある頃合い、軒看板『大黒屋』の前に立って、又四郎はつれのしずに、

「昔から何回ここを通りすぎたか……、関《かか》わりない家のはずだったがね、まさか、踏み込むことになろうとは……」

といいながら、店に奉公人二人と男女の客二人がいるのを窺《うかが》ったうえで、通り抜け土間の横口へしずといっしょに吸いこまれた。そのまま母屋の勝手口につながる。

「ごめんよ……」

と又四郎は笑顔で言った。下女が二人、立ち働いていて、一人は小娘、もう一人は三十女。

「はい……、あれれれ、おしずバァさまも……」

三十女は吃驚《びっくり》まなこで、しずと両刀の又四郎を見くらべた。昨夕《ゆうべ》、牡丹餅を届けてきたきちという女であるが、うろたえ顔ではない、と又四郎は読んだ。

（この段階でシロとはきめられん……）

と思いながら、

「しずさんと昵懇《じっこん》にしている雨月という者だが、当家のあるじ夫婦と相談のうえで、ぜひとも承諾《しょうだく》してもらいたい内緒《ないしょ》ごとが出来てな……、人払いすれば、ここでよかろう……、居たら、呼んでくれんか……、手間はかからんと思うから……」

「あ、はい……」

「昨夕《ゆうべ》はボタ餅ごちそうさんでしたねえ……」

と言うしずの声を背に、きちは奥へ去った。

又四郎としずは上《あが》り框《かまち》に腰をおろした。

待つほどもなく、大黒屋夫婦――四十六歳の佐敬時《さけいじ》と三十九歳の満寿美《ますみ》が台所へ出てきた。亭主は中肉中背のやや細面《ほそおもて》で実直な印象、女房は大柄の小肥《こぶと》り、やや丸顔で頬骨が高い。

戻ってきたきちは小娘の下女をうながして、二人とも裏へ出ていった。

並んで膝を折った夫婦はていねいに頭をさげると、佐敬時が言う。

「内緒ごとのお話とかうかがいましたが、あの、どのようなことなのでございましょうか？　何か、しず叔母さまのことで……？」

「左様。しずさんは富の百両をもらって、二十両奉納した残り八十両を実家の大黒屋さんに預かってもらっているそうだが……」

「はい、確かに叔母に頼まれまして、いまもお預かりいたしてございます。あの、それが……？」

「どうしても流用する必要がある時は、ことわってくれさえすれば用立てると、しずさんは言ってるそうだが……」

「はい、言われてました。しず叔母はその日のくらしがきちんと出来ればいいという欲のない、それこそ観音《かんのん》サンのような人でございますから……。そりゃ私どもも奉公人をかかえて、いろいろな入用《いりよう》が多くて、苦しい時もございますし、さっぱりお銭《あし》はたまりませんが、そりゃまぁ、丸焼けにでもなったような時なら、また別でございましょうが、あの大金の八十両にはどんなことがあっても、一文の損害を与えてはならない、いつでも叔母にお返し出来るようにと心掛けまして、家内とも話しあっているようなわけでございます」

「じつは、以前、私は南番所の者でしたが、ひょんなことで昵懇になったしずさんから、実家に預けてある八十両を狙ってる人殺しも平気でやりかねない悪党仲間がいるらしいので、このさい、安全のため、もと八丁堀の私に預けなおしさせてほしいと頼まれたものだから、それでこちらの承諾を得ることが先決だと考えましてな……、八十両の当方への委託、いかがでしょうかな？」

大きくうなずいた佐敬時は、愁眉《しゅうび》をひらいたにこにこ顔で、

「いやもう、願ってもないことでございますから、よろこんで承知させていただくことにいたします。こういっちゃ何ですが、八十両の肩の荷がおりて、ほっといたしますんで……」

大よろこびの二ツ返事に掛値はない、と見た勝叉又四郎であるが……。

体格と顔だちのせいか亭主よりも押出しのいい女房満寿美が、これもにこやかな相好《そうごう》で言うには、

「あの、叔母さまの預け替えなさりたいお気持ちは承知いたしましたけど、長い身内の信用でお預かりしてる私どもから考えてみますと、雨月さまとおっしゃいましたか、お前さまのことが、どのようなお人かようわかりませんので……、いえ、猫婆《ねこばば》とか持逃げとか、お疑い申しあげるわけじゃございませんけど、大金でございますから……」

「うん、おかみさんは不承知というわけですな？」

又四郎も笑顔になっている。牙《きば》を隠した二重の笑顔である。

「いえ、承知いたしましたけど、いますぐには……、叔母さまとも、ようくご相談いたしまして……」

すべて又四郎まかせのしずは顔を伏せたままでいる。

「いいでしょう。しずさんも、実家が不承知なら無理に預け替えしなくていい、ひとつだけ容易《たやす》いことをお前さんらに実行してもらえば、と言ってるんでね……」

「はぁ……、あの、実行って……?」

又四郎の手がしずの足もとに置いてある風呂敷づつみへのびた。数秒後、紙にくるんだアンコたっぷりの牡丹餅三個が、夫婦の膝もとでむき出しになった。

「いまここで毒味さえしてもらえばということでね、さぁ……」

「へぇ、こんなことでございましたとは……、はい、はい……」

目を丸くした佐敬時の片手がすこしの躊躇《ちゆうちよ》もなく牡丹餅をつかもうとする、その手首を満寿美が押さえこんでいた。こういう場合は、前後を忘れた反射行動となって顕在化する。

「お前、ン……?」

「……」

「フフフ……、毒味はおかみさんからしてもらったほうが、いいだろうね、ご亭主が作ったもんじゃねぇだろうから……」

「……」

「……、どうしたね？　おかみさん……」

「………」

満寿美は手をひっこめた。佐敬時の手も膝へ戻って、きょとんとした表情になっているが、無言の満寿美は醜怪なパニック面《づら》……とでも形容すべきか⁉

少時、タテ皺《じわ》をよせて満寿美を見守った又四郎は、

「わかる、わかる、蒔《ま》いたタネは拾いたくないものだとな……。どうやら、これも天運ということになるかね……」

と半ば独りごとの口調で、口端に指をひっかけ、

――ピッ、ピーッ‼

お手のものの鋭い指呼笛《よびこ》。

途端、通り抜け土間にどやどやと足音が乱れて、勝手口へとびこんできた。又四郎の弟分であった本所回り古参同心の小林助三郎《こばやしすけさぶろう》を先頭に小者《こもの》（捕《と》り方《かた》）三人、古馴染《ふるなじ》みの目明《めあか》し仁兵衛《じんべえ》と子分二人、細工師清内を加えた八人であった。又四郎の書付けで清内がかけまわり、連絡が順調にはこんだこともあって、合図を待ちかまえていたもの。

「勝又、いや、雨月先生、とんだことに巻き込まれ……」

「おう、小林、おれの出番はもうすんだからな、あとはお前さんにまかせる、いいかい、

頼んだよ」

「はぁ……」

「亭主はシロで、女房が犯人《ホシ》だ。年増の下女は何ともわからん」

と又四郎は小林助三郎に耳打ちしてから、茫然自失《ぼうぜんじしつ》の佐敬時をうながして、母屋の玄関口へ、しず、清内といっしょにまわり、八十両の袋を佐敬時から受け取ると、三人とも大黒屋をあとにした。

5

七日後の夜、柳島の雨月庵では、囲炉裏ばたで飲んで食って、一人は酔いつぶれかけていた。予定の一件落着「祝い?」の当夜であったが、日暮れ寸前から空がくずれ、更《ふ》けるにつれて雨足は繁《しげ》くなった。

くずれるすこし前に、八十両を預かっている雨月庵へ、年齢並みのお飾《めか》し姿でしずがやってきて、紙切れを出した。清内からの連絡で、

——急用他出、後日伺候《しこう》、清内。

とあった。酒肴《しゅこう》を用意したミネは、午《ひる》さがり、浅草の息子のもとへ貰い物に出かけ、暮

れるまでに戻る手はずである。

「このたびはいろいろと……」

「清内さんの口真似じゃないが、天運のめぐりあわせですかね……、後味のよくない一件だったが……」

「ほんに……」

話すうちに降りだして、ミネは戻らず。

それから一刻、二刻……、四ツ（午後十時）の鐘が鳴っても、かき消されるようなざんざ降り。

「さ、もう一杯いこう……」

「も、もう、オレ……、いえ、私、いけません……、こんなに、へべれけに……、生まれて、はじめて……、ごめんね、ごめんなさいね……、坐ってるのがつろうて……」

「遠慮はいらん、横になったほうがいい、ほれ……」

運のめぐりあわせ、例によっての下心《したごころ》、時間をかけて巧《たく》みに酔いつぶした又四郎は、手を添えるパフォーマンスにかこつけて、その場で長々《ながなが》と仰《あお》むいたしずの項《うなじ》を右肘《ひじ》にかかえこんだまま、ぴったりと身を添わせながら、正気でもそれとわからぬ素早さで裾《すそ》の奥へ左手を忍びこませ、体軀《たいく》にふさわしいぽってりとした毛ざわりの丘を撫でさするとみるまに、触指は下方の口へ……。とどいた。ぬるっ……。ぬるぬるの感触に加えて、ぴく、ぴくぴくっ……、肉が指先を噛んだ。

「あれま……、オレ、な、な、七十四なんですよう……」

雨月庵先生、吃驚《びっくり》。

(うーん、ミネとどっこいどっこいと見てたが……)

耳打ちした。

「しずさん、じつに若いよ、いそぎんちゃくだよ、いそぎんちゃく……」

◇――――◇

大黒屋は左の裁断で幕を閉じた。

満寿美・打首、きち・三宅島《みやけじま》流し、佐敬時・厥所《けっしょ》追放、他の家族・奉公人はお構いなし(無罪)。

凝華洞《ぎょうかどう》の怨霊

1

ひと雨去った、空高い秋日和《びより》の、四ツ（AM10時）をまわってまもない頃、日本橋の堺町《さかいちょう》にある歌舞伎常設館「中村座《なかむらざ》」の前に、二人の役人があらわれた。

書物《しょもつ》奉行配下の書物同心佐々木重次郎《ささきしげじろう》と横田富之助《よこたとみのすけ》である。

櫓下《やぐらした》に張りだされた極彩色《ごくさいしき》の絵看板を見ながら、四十年配の佐々木が、

「伊達染仕形講釈《だてぞめしかたこうしゃく》か……、ははーん、伽羅先代萩《めいぼくせんだいはぎ》の焼きなおしだな。いつものことだ、まあ、どうせ、変わり映《ば》えはせんのだろうて……」

と興なさそうに言う。

ひとまわりほど若い横田も、うなずいて、

「せいぜいのところ、原田甲斐《はらだかい》のさいごの立ちまわり（刃傷《にんじょう》場面）か何かに、ちょいと味付けしたぐらいのもんだろうと思いますがね、多分……」

「フーン、まあな……」

二人は顔を見合わせた。

演物《だしもの》が組み替えられた初日である。

寛文《かんぶん》（一六六二〜七三）の伊達騒動を歌舞伎に仕立てた桜田治助《さくらだじすけ》作の「伊達染仕形講釈」をメーンエベントに、狂言物、心中物、オカルト物など、五本のプログラムになっているが、火災防止の規制により、興行時間は明六ツ（AM6時）から暮六ツ（PM6時）まで、夜間禁止。

時間的には、すでに二本目が終わるところで、まもなく、長丁場の「伊達染仕形講釈」がはじまろうという時である。

二人の書物同心は職務上の一環《かん》として、

——上演物の内容に、幕政を批判するような、不穏当《ふおんとう》あるいは違法な点はないか？　また、公表すべからざるものを暴露《ばくろ》してはいないか？　等々を検分して、演目《えんもく》の解説物、パンフ類などがあれば、片々《へんぺん》たる切れっぱし程度にすぎない印刷or書写《かきうつ》しであっても、それら全部を持ちかえって、検分報告と同時に書物奉行に提出したうえで、幕府の書庫である江戸城内富士見櫓《ふじみやぐら》の家康時代に設けられた紅葉山《もみじやま》文庫（別名・楓山秘閣《ふうざんひかく》）に収納する。

という役目を負っていて、

——紅葉山文庫の社会的位置は「現・国会図書館、or、宮内庁書陵部」に当たるが、門外不出であって、幕閣の閣僚（老中、若年寄、町・寺社・勘定奉行）でも、よほどの特殊な理由がないかぎり、文庫の筆写も閲覧も許されない。管理・校合《きょうごう》・調査ｅｔｃ……が出来るのは、書物奉行（三名～五名）だけである。

という途方もないきびしい規制の仕方で一貫している。

とくに報道・情報資料の探索～収納に関する網《あみ》の目のこまかさとこだわり方は、欧米諸国をふくむ世界史に比べものがないほどの、おどろくべき念の入れ方であって、家康以来の徳川体制が「言葉（文字）」を武器とする情報産業にどんな扱い方をしてきたか、それを示す見本として、八代将軍吉宗《よしむね》の享保《きようほう》十四年一月十四日に出した探索令が、

――大名の輩《やから》はもとより、下《しも》は、片田舎の農夫、商人にいたるまで、それらの書（記録～資料）はすべてすみやかに進上し、ささげ奉るべし（押収すべし）。

と命じていることでわかる。

わかりやすくいうと、本来が非公開であるはずの「個人の日記」さえも、反体制的なことを書いてはならぬ、摘発《てきはつ》して処罰するぞ、と問答無用の嚇《おど》しをかけているわけで、じっさいに、バレたケースは容赦《ようしや》ない刑罰の標的となっている。後世に伝わる江戸時代の日記類が、どれもこれもウソだらけで、体制に関連する社会的な出来ごとについて有りのままの事実を記録したものは皆無《ゼロ》にひとしいという理由も、そうした因果関係に由来する。

文芸畑の演劇を管轄する町奉行とは別個に、歴史・法制の御用筋から検分するのが書物奉行であるが、二人の書物同心が新番組を検分するには、中村座の桟敷《さじき》に坐って観劇しな

ければならない。

明六ツ（AM６時）の開演から観《み》るべきところを、省《はぶ》いて、メーンエベントだけに絞ってやってきたものだが、佐々木重次郎も横田富之助も、二人の表情には気乗りがすこしも見られず、いまにも舌打ちしかねない冴《さ》えない目付きで、

（やれやれ、居眠りか欠伸《あくび》をガマンすることになりそうだぞ……）

と無言を交《か》わしながら、入ろうか入るまいか、しきりにためらっている。

無理もなかった。

職能上、人一倍の豊富な知識と観劇歴を持っている二人にとっては、お家騒動ダネにかぎらず、内容から見た歌舞伎そのものが、ばかばかし過ぎる。同じばかばかしさであるなら、何の拘束もされない大道紙芝居を見物したほうがましだ。

ということであって、たまたまの皮肉な引合いになるが、20世紀末の日本マスコミから白眼視されている大物国際ジャーナリスト「N・O氏」の、

――日本文化の代表とされている歌舞伎は、華道・茶道・舞踊などと同様に〝文化の仮面〟をかぶった、人間不在の掛値《かけね》商売でしかない。田舎の秘伝ソバ打ち・造り酒のほうが、同じハウツー価値観の上位に位置するものだ!!

という論断を二人は体得していることになる。

歌舞伎が文化の仮面をかぶった掛値商売なのかどうかは、一つの課題であり、単純な賛《さん》否《ぴ》即断の筋合いではないとして、発生以来の江戸歌舞伎レパートリィが、マンネリ化のピークにかかって、通史にいう「頽廃《たいはい》期」から脱出する気配がない、という現状は動かしようもない文化《ぶんか》〜文政《ぶんせい》期（一八〇四〜二九）。

——出来るものなら、見ないで検分したことにしたい。

と考え、願望する二人の躊躇《ちゆうちよ》も、心情的には職務怠慢につながらず、と割引きすべきだろう。

舞台は二本目が終わった様子である。

「さてと……」

横田富之助が目顔で佐々木重次郎をうながした。

「ま、仕様がねえな、これも職分だと思いやな……」

佐々木は苦笑いしながら木戸口へむかい、横田がつづく。

その横田が、ふと思いだしたように半ば独りごとを言った。

「それに、〝百化物《ひやくばけもの》〟の馬場文耕《ばばぶんこう》が、いつ、どこで再来するか、予測つかんのが、世間というものだから……」

「ン、馬場文耕だ……？」

佐々木はぎくっとした目付きで振りむいた。

「いや、杞憂《きゆう》ですがね。まず、そんなことはあり得ないでしょうが……」

「わかった……、うん、すっかり忘れておったわ……。文耕の件、ふたたびとは無きにしもあらずだ……」

強力な即効活性剤をのんだように、佐々木の顔つきがひきしまった。

あり得ないはずの杞憂が的中することになろうとは、夢想もしない二人であった。

「旦那方、ご苦労さんなこって……、さ、さ、お通りなすって……」

書物奉行印《いん》の切手を示された見知りごしの初老の木戸番は、愛想よく迎えながら、部厚い冊子とパンフ類をひとまとめにしたものを、二人それぞれに差出して、

「よろしゅうご検分のほどを……」

と腰を折った。

受け取った二人は、部厚い冊子を異例のことだと思いながら、それほど気にもとめないで懐中へ押しこみ、二階の側面桟敷に入った。

2

佐々木重次郎を緊張させる引き金になった「百化物の馬場文耕事件」は、左のようなアウトラインで、事件発生からほぼ半世紀たっている。

講釈師馬場文耕（ペンネーム）、本名・中井文右衛門《なかいぶんえもん》、四国伊予《いよ》の出身で、浪人（失業武士）の子に生まれる。

特技の武術（とくに馬術）を生かして仕官（就職）をめざしたものの、武士の超リストラ時代なので、叶《かな》えられず、坊さんの道に転向したが、仏門そのものがペテン師群の汚瀆《どぶ》と化していて、坊主に愛想つかした文耕は、さいごに文筆家として人生を賭けた。

精力的に書きまくり、随想を中心にさまざまな本を編述。一匹狼《おおかみ》に徹して、文筆界から白眼視されながら、すこしずつ文名もひろがっていったが、文耕のきわだった特徴は、反体制～反権力的な社会批判に徹底して、大上段にふりかぶったモーレツな個人攻撃をやってのけたことである。

22項目が並ぶ『当代江都百化物《えどひやくばけもの》』は代表的な一冊で、文耕が処刑される半年前の著書であるが、彼自身の序文と二項目を掲げてみる。（カッコ内、筆者註）

序

世ノ中ニ化粧ノ者（化物）ト云フハ、己《おの》レガ姿ヲ異形《いぎよう》ニシテ、能《よく》世ト交（わり）ヲスル者、又ハ此《ここ》ニ有（る）カトスレバ、彼《かし》コヘ移リ、居所ヲ均《ひと》シク（一つに）セズ。昼ハ見ヘネド、夜ハ顕《あらわる》ルノ類《たぐい》、人ニシテ人ヲ化《ばか》スモノヲ取集メ、数ハ百ニハ足ラネドモ、題号（タイトル）トシテ爰《ここ》ニ記スノミ。

宝暦八年寅《とら》初秋　馬《ば》　文耕　展之《これをのぶる》　葛飾之隠士《かつしかのいんし》

奉行ノ化物《ばけもの》之弁《のべん》

……略……、今日此頃《きようこのごろ》の奉行（江戸町奉行）ニ、那須《なす》奉書ト云フ物アリ。大岡越前守ヲ兎角《とかく》似セテ致シテ居ル（マネしている）土《ど》越前也《なり》（南町奉行・土屋越前守正方《まさよし》のこと）。何カト公事出入《くじでいり》ニ物和《やわ》（ら）カニシテ、万事一段罪ヲモ軽ク取扱（わ）ルルト云へ共《ども》、根元《もともと》越前（大岡越前守）ノ器量トハ雲泥《ウンでい》ノ違《ちが》ヒ也。……略……今化（け）テ居ル内《うち》ハ、髭《ひげ》ヲ抜（き）ナガラ訴（え）ヲ聞任《ききつかまつ》（る）内《うち》ハ、正真《しょうしん》の越前守忠相《ただすけ》ノ面影ナレ共、大丈夫ノ人出《いで》ナバ、必《かなら》（ず）消《きえ》テ化粧ノ姿（化けの皮）アラワレン事ノウタテサヨ

（笑止千万なことだ）。既《すで》（以前）ニ京都町奉行ノ節ハ、酒井讃岐守《さぬきのかみ》（老中・酒井忠音）ニ白眼《にらま》レテ化（け）ノセウネ（性根）ヲ見付《みつけ》ラレテ闇へ引込（ま）レシニ（失脚したのに）、イッシカ何ト化（か）シケン、江戸ヲタブラカサント近年顕《あらわ》（れ）出《いで》シ、先ヅ後《あと》ハ知ラズ、当所《とうしょ》（いまのところ）町中ヲ化（か）シヲヲセタリ。

林大学頭《はやしだいがくのかみ》ノ弁

林家ノ大儒朝散太夫《たいじゅちょうさんたいふ》（従五位下）大学頭信充《のぶみつ》（林羅山《らざん》の子孫）ハ、役柄ノ事ニテ嘸《さぞ》カシ其身持《そのみもち》モ宜《よろ》シカルベキニ、思ヒノ外ノ化物ナリ。第一其《その》心持愚カニシテ、飽《あく》マデ愚《ぐ》昧《まい》ナリ。平生数珠《へいぜいじゅず》ヲ持（っ）テ看経《かんぎょう》スル事アリ。取分（け）テ林家ハ朱子学ナリ。……略……、儒者ノ大化物《おおばけもの》ニシテ、天下ノ大小名ヲ化（か）シテ世ヲ渡ル、稀有希代《けうきだい》ノ者トヤ云（わ）ン。

すさまじい罵倒である。町奉行と幕府の最高学者を「化物」として一刀両断、それを市販したのであるから、たいへんな意気ごみといわざるを得ない。発表された時から、町奉行土屋越前守は「文耕をひっくくって極刑にしてやろう」と機を狙っていただろう。

その前に、悲劇の前ぶれというべき当局の圧迫が襲ってくる。

文耕作『大日本治乱記《ちらんき》』の題名はケシカランと訂正を命じられて、『心学表裏咄《ひょうりばなし》』と改題したが、話の内容は、当時大流行の心学を「バカ&アホーだましの押しつけ倫理だ」と痛烈にやっつけたものである。アタマにきた心学者たちは、文耕の居宅や高座に押しかけ、論争を挑んだものの、文耕の論駁《ろんばく》に一人も勝てる者がなく、化けの皮をこっぴどく剝《は》がされた恰好で尻尾《しっぽ》を巻いたため、逆に文耕の評判が高まるばかりの結果を生じて、采女《うねめ》ヵ原の小屋は押すな押すなの大盛況ぶりがつづいていた。

が、宝暦八年（一七五八）九月十六日（現10月17日）、運命の夜がくる。

民家を借りて夜講をひらくこともある。この時がそれで、場所は日本橋榑正《くれまさ》町にある小間物屋文蔵《ぶんぞう》の家。九月十日からはじめていた。入口の行灯看板には、

——武徳太平記、珍説・森《もり》の雫《しずく》。毎夜暮六ツ刻より。演舌者・馬文耕《ばぶんこう》、申上げ候。

と貼り付けてある。禍《わざわ》いを招いたのは、この『森の雫』であった。

客観的にとらえたドキュメント（実録）で、モデルは美濃《みの》郡上八幡《ぐじょうはちまん》三万八千石の「金《かな》森《もり》騒動」。宝暦四年～六年におよぶ大規模な農民一揆《き》で、宝暦騒動or郡上八幡一揆とよばれるが、領主金森家の悪政に抵抗する領民の大がかりな訴訟を、領主側と幕府要路の者（寺社奉行・勘定奉行ら）が贈収賄で結託、陰険な手段をもって押しつぶし、もみ消そうと図った「黒い霧事件」の典型といわれる出来ごとで、最終的には「金森家取潰し、農民

代表十三名の打首、収賄幕府役人の改易・免職《くび》」で一揆の勝訴となるが、文耕が取り上げた時点では、まだ結着がついていなかった。

汚職事件が闇から闇へ葬《ほうむ》りさられるのを阻止《そし》、かつ、時代の警鐘を打ち鳴らそうという止むにやまれぬ渇望《かつぼう》に駆りたてられての『森の雫』であり、演舌と同時に、文耕は『平仮名・森のしずく』と題する短篇読切小説を書きあげ、参会者に一冊三百文で売っている。

その夜、一席がすんだとたんに、客席から声がとんだ。

「御用っ!!」

例《くだん》の「化物」土屋越前守配下の南町奉行所同心であった。

文耕、格別おどろいた風もなく、

「なに、御用だ……?　よし、わかった。逃げも隠れもしねぇから、とにかく、弁当を使わせてくれ……」

と言って悠々と弁当を食べおわってから、縄を打たれた（関根黙庵《せきねもくあん》著『講談落語考』）。

奉行所でも所信を枉《ま》げずに、

「金森騒動の裁き方は腑《ふ》に落ち申さん。だれが見ても、依怙《えこ》の計《はから》いだ」

と論難しつづけたため、ついに三カ月後の十二月二十五日に「江戸じゅう引回しの上、浅草（小塚ヶ原《こづかはら》）において磔《はりつけ》・獄門」の判決が出された。

判決文の冒頭は左のごとしである。

松平左近将監殿《まつだいらさこんしょうげんどの》御指図

土屋越前守係

松島町十蔵店《だな》

講釈師　馬場文耕

右の者、かねて古戦場講談いたし、渡世を送り候《そうろう》ところ、貧窮にして衣服手当これ無く候につき、寄り集まり候者《もの》に無心を申し掛くべしと、珍らしき品《しな》講釈いたし候よし張り札いたし、此のたび御吟味の儀を書本《かきほん》に綴《つづ》り、講談いたし……（以下略）

拙劣きわまる文章で、おまけに、じつにふざけた書き方をしていることがわかる。

刑の執行は四日後の十二月二十九日。文耕、男ざかりの四十一歳であった。

文耕の処刑後、文耕が『森の雫』で描いた金森騒動の真相は、張扇《はりおうぎ》ストトン・ストトンの講釈師たちによって、伊達《だて》騒動と相似形のお家騒動に化けたあげく、歌舞伎レパートリイ『新皿屋敷月雨暈《つきのあまがさ》』の低俗ドラマとなって残される。

馬場文耕、浮かばれない。

もう一つ厳密に見ると、餓死線上に追いつめられた江戸時代の百姓一揆は、大小あわせて三千三百余件におよんでいるが、それを描いた文芸作品は、公開非公開を問わず、あとにもさきにも、文耕の『森の雫』ただ一篇しか存在していない。

さらに、現在の共通した文耕評価が、

——文耕の論調は、体系的学問の基礎もなく、ただ感情的な好悪にまかせて、手あたり次第に毒舌と罵詈《ばり》ざんぼうを吐きちらしたに過ぎず、論旨がお粗末すぎて、知性のとぼしいハッタリには、何の説得力もない。

となっているので、文耕、ますます浮かばれない。

3

案の定であった。

まわりへの体裁《ていさい》もあるので、佐々木重次郎は欠伸《あくび》を嚙みころすのに苦労した。

あけてもくれても、きまりきった材料の書きなおしがくり返されて、新解釈、新趣向の創意などは皆無にひとしいワンパターン化であるから、知りすぎている者には退屈をもてあますのが当然で、伊達染仕形講釈も例に洩れず、おきまりの展開を一歩も出ようとしない。

あまりに有名な伊達騒動の原田甲斐宗輔《むねすけ》は、弁解しようのない悪玉の見本である。お家乗っ取りをたくらむ重臣伊達兵部宗勝《ひょうぶむねかつ》（政宗《まさむね》の末子）の尻馬に乗って、さまざまな陰謀をめぐらし、伊達兵部が六十二万石藩政を牛耳《ぎゅうじ》ると、原田甲斐も要職の家老に昇って、私曲をはたらく。

実録『伊達四代記』では、三代藩主綱宗《つなむね》が大酒飲み～淫乱で隠居させられ、跡をついだ幼君亀千代《かめちよ》を、原田甲斐は毒殺しようと図って、伽羅先代萩の第一クライマックスとして、観客の感涙をさそう名場面となっている。

やがて、原田甲斐は幕府に召喚《しょうかん》され、大老酒井忠清《ただきよ》の邸で、伊達安芸宗重《あきむねしげ》らのライバル一派と対決したさい、控え室において、伊達安芸と柴田外記《しばたげき》を斬り殺し、原田自身も止めに入った蜂谷六左衛門《はちやろくざえもん》の脇差に刺殺されてしまう。その結果、原田の息子四人も幕命で切腹（斬首）となり、原田家は断絶する。

刃傷の引き金は、審問の打切り～終了で、原田がきわめて不利な形勢へ追いつめられたことにあり、その結果、短絡的な報復手段に出たものであった。

歌舞伎をふくめ、伊達騒動の関連資料は、すべて、右のアウトラインで一致しているため、原田甲斐の行為には弁護すべきところが一つもない。

事件から三百年たって、はじめて、悪玉原田甲斐のイメージは逆転する。山本周五郎作『樅《もみ》ノ木は残った』がソレで、原田は大石内蔵助《おおいしくらのすけ》に共通する懐《ふところ》深い人物として造型され、原田は有能な忠臣であって、従来の悪玉視は時代おくれでしかない、という一般論が定着するまでにいたっている。

佐々木重次郎に『樅ノ木は残った』を読ませることは不可能であるが、運命のお膳立てに手はとどかない。

「ン?……」

アワワワ……と何度目かの欠伸を噛みころす佐々木の右膝を、横田がつついた。

「何だ?」

「これですよ、これ……、じつに、とんでもないもののようで……」

横田富之助は膝にひろげている冊子に目を戻して、小声で言う。木戸番から受け取ってきた部厚い冊子である。

横田も紋切り舞台の退屈さをもてあましていた。気をまぎらわすべく、懐中の冊子を抜きだして、ページをあけた。職能柄、ハイスピードが板についている。

速読《そくどく》しながら、頬がひきつるような愕然《がくぜん》とした目つきに変わり、佐々木の膝をつついたものである。

「とんでもないと？　どういうことだ？」

「そうです……、いや、読んでみれば、わかりますよ、私も途中ですがね……」

「そうか……」

問答半分で佐々木も冊子を取りだした。

半紙《はんし》四分ノ一大《だい》の蒟蒻本《こんにゃくぼん》で、表紙に当たる一枚目は白紙で、二枚目の右三分ノ一に「凝華洞主人述　伊達騒動記」とあり、小見出しが一つも付いていない本文が、大衆読物である黄表紙《きびょうし》（仇討《あだ》ち小説）の平易な文章ではじまっていた。冒頭に、

——彼《か》の世に知れ渡りたる伊達家騒動の真相を、後世のため、凡《すべ》て事実のみを述ぶるもの也。

とある。

「ンむ……!?」

息がつまったような生唾《なまつば》をのんだ佐々木の目は、速読のスタートダッシュが逆行して、一字一句を再読～三読するほどの慎重なたどり方に変わった。

次々と実在の人名が出てくるその度ごとに、佐々木の視線は釘づけとなり、顔面が硬《こわ》ばっていく。愕然を通りこした驚倒《きょうとう》の為体《ていたらく》、といっていい。横田が横目を使いながら、自問する口調で、

「著者の凝華洞主人というのは、いったい、何者ですかね……」
と言いかけても、佐々木のほうは硬ばったままの無言。
「伊達騒動記」に書かれた事実のみの内容というのは、ダイジェストすると、左のごときものになっていた。

徳川二代将軍秀忠《ひでただ》の五女を和子《かずこ》という。千姫《せんひめ》の実妹である。和子は十四歳で後水尾《ごみずのお》天皇（25歳）に嫁ぎ、中宮《ちゅうぐう》として四年後に興子《おきこ》（明正《めいしょう》天皇）を生み、その翌年、皇后・東福門院《とうふくもんいん》となる。

後水尾と和子は、人種ルーツ～系統がちがい、宗教もちがう。

徳川家――狩猟・騎馬民族《スキタイ》系の契丹《キッタン》&新羅《しらぎ》系白山神道、反仏教、女尊男卑、カカア天下。

（註。差別民駿河収容地《ラーゲリ》出身の家康は、インド系ドラヴィダ族の新羅外人部隊である新羅陸軍〈源氏〉の末孫）

天皇家――表向きは百済《くだら》王族桓武《かんむ》天皇（百済俊哲《ジュンチョル》、道鏡《どうきょう》の甥）系で、平安以来の仏教徒総元締、男尊女卑、亭主関白。

（註。実体は、南北朝統一の後小松《ごこまつ》天皇が、足利義満《あしかがよしみつ》と藤原康子《ふじわらやすこ》のあいだに生まれた百%

の足利天皇であって、足利氏というのは、ペルシア系ドラヴィダ族の新羅外人部隊である新羅海軍〈平氏〉の末孫だが、表面、百済桓武系を偽装したまま幕末の孝明《こうめい》天皇までつづく）

後水尾と和子の夫婦仲が破綻する因果関係は、偽造史士俵で考証するかぎり、楽屋裏の切れっぱしも出てくることはない。

仏徒&神徒のツノ突き合いに加えて、後水尾は江戸の武力をバックとする押しかけ女房の和子を忌避《きひ》して、完全に仲がこじれ、仇《かたき》同士になってしまう。

後水尾は四条《しじょう》家（藤原氏）の分家・櫛笥《くしげ》家の長女隆子《たかこ》（逢春《おうしゅん》門院）を愛しはじめる。

怒った和子は父親秀忠に罵倒を並べたてて連絡。

ただちに、家光《いえみつ》の生母ふく・春日局《かすがのつぼね》（乳母は偽造史のすり替え）が京都へやってきて、後水尾天皇を脅迫、

――いますぐ一ノ宮《みや》（興子）に譲位《じょうい》なさるならば、罪には問いませんぞ!!

とうむをいわさず帝位からひきずりおろして、七歳の興子を即位させた。幼女明正天皇であって、寛永《かんえい》六年（一六二九）十一月八日のこと。（この一件が「禁中《きんじゅう》・公家《くげ》諸法度《しょはっと》」にそむいたとされる他愛のない「紫衣《しい》事件」にすり替えられ、後水尾退位の真相は抹殺されてしまっているので、念のため）

帝位を追われた後水尾上皇は、ひそかに討幕の志を立て、策を練《ね》る。

好機がきた。

寛永十四年（一六三七）の暮れ、九州島原《しまばら》藩で領主の悪政に反乱発生、豊臣残党やキリシタン（イエズス派）も加わって、超大一揆となった。

上皇から討幕の「院宣《いんぜん》」が出される寸前、和子のスパイ網《もう》によって、いち早く動きを嗅ぎつけた京都所司代板倉重宗《しょしだいいたくらしげむね》の指図で、御所《ごしょ》は二万数千の兵力に包囲され、院宣も不発におわってしまう。

（註。この時の包囲陣将兵用に許可されたＳｅｘ処理施設が、島原ノ乱に因《いん》して島原遊廓《ゆうかく》とよばれ、京都島原の地名として残ることになるが、偽造公認史では由来の説明がつかない）

和子の夫であり、徳川系明正天皇の実父であるから、幽閉こそされなかったものの、後水尾上皇は無念の後半生（42年間）を、徳川綱吉《つなよし》が五代将軍の座につく延宝《えんぽう》八年（一六八〇）まで生きて、屈辱の思いを味わいつづけることになる。（ここまでが「伊達騒動」の序幕）

島原反乱の発生で、後水尾上皇が、

——時こそ来《きた》れ!!

と欣喜《きんき》して九州の空を望んだ、ちょうどその時、寛永十四年十一月十六日、隆子は後水尾の第七皇子にあたる「秀宮良仁《ひでのみやながひと》」を出産した。

秀宮良仁――これが伊達騒動の主役であり、悲劇の凝華洞巌窟王「後西《ごさい》天皇」である。

幼い女帝「明正天皇」の京都御所は、母親である東福門院和子の完全な独裁となった。

和子の意に反する者は、呵責《かしゃく》ない〝いじめ〟を加えられるばかりか、糧道《りょうどう》まで横取りされ、くらしに窮乏《きゅうぼう》して、娘を売りに出さざるを得ない公家が続出した。

後西天皇（秀宮良仁）の生母隆子の実家櫛笥《くしげ》もその一つで、末娘の貝子《かいこ》を銀貨と引換えに、伊達政宗の跡をついだ忠宗《ただむね》のメカケとして、身売りの形で送ったものである。

生まれたのが「伊達騒動」の当主綱宗（幼名・巳之助《みのすけ》）で、伊達綱宗は後西天皇と三つちがいの従弟《いとこ》である。

良仁皇子（後西）は、やがて、高松宮《たかまつのみや》の王女明子《あきこ》と結婚して、高松宮家を継ぐ。

明正女帝は在位十四年で、十一歳の異母弟後光明《ごこうみよう》天皇（後水尾第三皇子）に譲位。

後光明の生母は園基任《そのもととう》（藤原氏）の娘光子《みつこ》であるが、形式にすぎない少年天皇は和子の操り人形として無事平穏であった。ところが、二十二歳の九月に病死してしまう。

そこで、適任の後継者として十八歳の高松宮良仁が践祚《せんそ》、後西天皇となり、妻明子も女御となる。

その後西天皇は、春日局の膝詰め脅迫で帝位を追われた父後水尾（存命）の無念をそっくり引きついでいた。

即位したことで、こんどは目《ま》の当たりに熟年和子の独裁ぶりをいやというほど見せつけられ、憎悪《ぞうお》の極に達した後西は、

――天下を二分してでも徳川幕府を倒さねば……。

と意を決し、ひそかな策謀を練るうちに、おあつらえむきの状況が生じてきた。

伊達に送られた叔母貝子の子巳之助（綱宗）が、長兄次兄の相つぐ若死にで、望み得ないはずの強運にめぐまれ、仙台六十二万石の三代藩主になったこと。

副将軍といわれる御三家の水戸光圀《みとみつくに》が、病弱な四代将軍家綱《いえつな》の徳川宗家《そうけ》に反逆の志をいだいているのを知ったこと。

絶好のチャンス到来!!

後西天皇は極秘に動きだした。

仙台も、水戸も、二ツ返事で、天皇権威を軸とする倒幕へのお膳立てに応じた。

が、連携プレイの序の口～初動段階で、またもや、和子のスパイ網に後西天皇はひっかかってしまった。

在位八年、二十七歳、寛文三年（一六六三）正月二十六日、後西は帝位を剝奪されて、

それだけではすまず、板倉重宗のあとを継いだ四代目京都所司代牧野佐渡守親成《まきのさどのかみちかしげ》の手で、仙洞御所《せんとうごしょ》「凝華洞」に幽閉された。

幕法による閉門蟄居《ちっきょ》（幽閉）の実体は、

——飲食を断ち、餓死させる。

ということであって、生き残るのは、違反を承知でこっそり差し入れるからにすぎない。

20世紀末現在、京都御苑《ぎょえん》の史蹟「桂宮邸阯《かつらのみやあと》」の目立たない日かげに、ぽつんと棒杭《ぼうぐい》の標識が立っていて、それには、

——後西院《ごさいいん》天皇の仙洞凝華洞阯

（年代不明）、と記されている。江戸の中頃、後西の死後に京都所司代が「見せしめ」に立てたもので御苑の管理者たちは凝華洞という名の由来も知らず、無関心状態にある。

周知のように、退位した天皇（上皇）の住む邸を仙洞御所という。陰湿な日かげにあった後西上皇の仙洞凝華洞とは、何か？

答えは——牢獄!!

昔、大陸の唐《とう》時代、玄宗《げんそう》皇帝の愛妾楊貴妃《ようきひ》に通じて出世したチュルク人の安禄山《あんろくざん》は、帝位を狙って大反乱をおこし、八年後、敗北して捕えられ、斬首されるまで岩窟に放りこま

れた、その岩窟の名が凝華洞である。

安禄山を閉じこめた凝華洞を、幕府は京都に再現し、後西上皇を押しこめて、四十九歳の生涯がおわるまで一歩も出そうとしなかった。

凝華洞の実体については、具体的な様子を描いた著者不明の随想集『京すずめ』（初版の写本）が残っている。後西が幽閉された翌々年に刊行されたもので、第一ページ冒頭に、

――御苑にて雀や鳥をかいたもうにや、あみ張りの小屋ありて……略（原文）

と凝華洞を描写している。雀や鳥を飼うためのアミ小屋か……と皮肉ったもので、金網をすっぽりかぶせた、広さ十四畳の一日じゅう陽もささないじめじめした仙洞御所である。

――後西院の命を救わねばならぬ。

と水戸光圀は飲食を補給しつづけながら、救出の機を狙う。

伊達綱宗の仙台城では光圀と連携して、

――後西院を仙台へお迎えしよう。

と城内に「帝座ノ間、上々段ノ間」とよばれた御座所をつくり、京都所司代による厳重な警戒網をついて救出するべく、小編成の偽装ゲリラ隊を派遣する。（御座所は明治維新

の戊辰《ぼしん》戦争にさいして取り壊されている）

また、後西の皇子たち六人は、処罰をさけるために全員が仏門に入ったが、第六皇子の公弁法親王《こうべんほうしんのう》は、父の赦免運動を目的に、京都人のだれもがいやがる「東下り《あずまくだ》」を希望して、上野輪王寺《りんのうじ》（寛永寺本坊）へ赴任した。赤穂浪士大石内蔵助らが反幕の「賊」として処刑されたさい、イの一番に大声で、

——四十七士は賊ではない、義士だ。

と助命を主張したのが青年僧公弁《こうべん》であったが、公弁の身分は輪王寺三代目院主の付弟《ふてい》（補助）でしかなかったこともあって、有効な運動ができず、公弁が恃《たの》みにしていた大老の酒井忠清（伊達騒動裁判長）も、まだ水戸光圀の一味に鞍替《くらが》えしていなかったため、赦免嘆願に訪れた公弁に面接拒否の玄関払いをくわせ、タイム・ラグの運命に見捨てられた公弁法親王は、大老邸の玄関さきで「号泣《ごうきゅう》」して終わってしまう。

伊達騒動主役の一人——水戸光圀。

光圀が徳川宗家に反逆心を持った心理は屈折していた。『大日本史』で書いた「天下の主《ぬし》は天皇であって、将軍は臣《たみ》である」という信念に一貫する光圀が、

——吉野《よしの》南朝（桓武系大覚寺統《だいかくじとう》）が正統である。

と唱えて「後水尾天皇（北朝）廃止・熊沢守久《くまざわもりひさ》天皇（南朝子孫）擁立《ようりつ》」の行動をおこし

たのは、後水尾の正体が、北朝持明院統《じみょういんとう》ではない足利天皇であって、後小松天皇の時点で持明院統の皇位継承資格者五人がすべて抹殺（毒殺）された事実を、公認史で、伏見宮《ふしみのみやさだふさ》貞成親王に化けおおせた足利貞成《さだふさ》（義満の庶長子、後花園《ごはなぞの》天皇の実父）の自白供述書『看聞御記《かんもんぎょき》・椿葉記《ちんようき》』を通じて、知悉《ちしつ》していたからであった。

光圀に要求された後水尾としては、南朝の熊沢守久に帝位を奪回されるくらいなら、和子の生んだ徳川系明正天皇のほうがマシだということになる。

後水尾引きおろしに失敗した光圀が、後西擁護に反転した理由は、いうまでもない、和子の独裁が「臣の道」に悖《もと》るからであった。

光圀は足利天皇へのこだわりを切捨てた、という答えが出てくる。

さまざまなネックとハードルの高さに阻止《そし》されて、後西救出は思うように運ばず。

肝心の伊達家が分裂して、深刻な対立状態におちいる。

救出派の伊達兵部・原田甲斐らに対して、一門の伊達安芸らが、

——将軍家の罪人（後西上皇）に手を貸したことがわかれば、伊達家は取りつぶされる。

と反対しはじめ、当主綱宗を棚上げした形で対立をつづけたあげく、とうとう反対派は幕閣へ訴えてしまった。

というのが、四代将軍家綱時代の寛文十一年（一六七一）に表面化した伊達騒動の事実経過であって、実体は勤皇派＆佐幕派の争い。

両派の裁判対決は佐幕派の完勝となる。

勤皇派の中心人物原田甲斐が、その場で伊達安芸・柴田外記を斬殺し、甲斐も斬死したことは、講談や伽羅先代萩と一致するが、

――跡つぎをめぐるお家騒動であった。

とか、『樅ノ木は残った』に描かれた。

――原田甲斐のお家横領に絡む悪人説は冤罪《えんざい》で、歪曲《わいきょく》されたものだ。

というのも、お家騒動枠でとらえているため、どう書き替えてみても、虚構《ウソ》土台の仮想現実《バーチャルリアリティ》にしかなり得ない。

現実の実体は、当然の結果として、大山鳴動《たいざんめいどう》ネズミ一ぴきとなる。

三十二歳の伊達綱宗が隠居させられて終わり。処罰とはいえない軽微《けいび》な処置である。

その理由は、徳川将軍家の敵役《かたきやく》ターゲット後西上皇が、すでに処分済みの、相撲《すもう》にいう死に体の囚人「凝華洞巌窟王」であったことによる。

二十二年間、後西上皇は貞享《じょうきょう》二年（一六八五）二月二十二日に息絶えるまで幽閉される。

「伊達騒動」すなわち「後西天皇討幕陰謀事件」で、予期もしない貧乏クジを引いたのが、大老酒井忠清（下馬《げば》将軍）と水戸光圀である。

原田甲斐の刃傷事件をへて、最終段階では、酒井忠清も後西救出の光圀に加担するが、将軍家綱の病死とかちあってしまったために、タイム・ラグの手遅れとなり、のみならず、

――後西院の第二子幸仁《ゆきひと》法親王を次代将軍にむかえるべきだ。

と主張した忠清は、老中堀田正俊《ほったまさとし》ら幕閣多数派に押し切られて、五代将軍綱吉《つなよし》の登場となった結果、まっさきに仕返しされて免職、下馬さきの邸も追い出される追討ちをうけて、憤死（自殺）。

次いで、光圀も綱吉の復讐《ふくしゅう》で実子をみな殺されたあげく、晩年を竹矢来《たけやらい》に囲まれた西山《せいざん》荘の囚人として、欠食児の苦しみをなめながら一生を終わる有様。

4

「凝華洞主人述　伊達騒動記」は、忠清・光圀の最期に触れたところで終わり、

——如上《によじょう》、万ヶ一にも相違なく、肝《きも》に銘《めい》ず可《べし》のこと也。

と結んである。

舞台をそっちのけにして読みおわった佐々木と横田は、顔を見合わせるばかりで、沈黙がつづいた。

やがて、どちらからともなくうなずき合った。肯定《こうてい》でも否定でもない、混乱と困惑の迷路に落ちこんだ者の合図《サイン》というべきだろう。

横田富之助がひそひそ声で沈黙を破った。

「馬場文耕は、やはり、居《お》ったことになりますな……」

「うん、おれもそう思うが、文耕の〝森の雫〟よりケタちがいにおそろしい話だ……。杞憂どころじゃないぞ。こいつは天下(国家)の根元《もと》を揺るがしかねない大事件といってよかろう。こうしてはおれんな……」

「どうします……?」

「とにかく、木戸番を調べることからだ。何かつかめるだろうて……」

「それじゃ、いますぐ……」

二人はそそくさと座を立った。

「へい、中味は伊達染《だてぞめ》のおもしろい手引きじゃと言うて、今朝《けさ》方、白いアゴヒゲの錫杖《しゃくじょう》持ち（修験者《しゅげんじゃ》）から三十冊あずかったもんで、どこのだれやらも聞いてねえもんで……、配るだけは配りましたが、何か……？」

不審そうに首をかしげる木戸番の返事に、それ以上のことを聞きだせないと知った佐々木は、

「おい、急ごう……」

と横田をうながし、中村座をあとにした。

書物奉行への急報が第一であると考えて、配布された二十八冊の場内回収には気がつかない動転ぶりであった。

紅葉山文庫には、月番の書物奉行鈴木桃野《すずきとうや》が出勤していた。太田南畝《おおたなんぽ》（書物同心）や滝沢馬琴《たきざわばきん》もダマされた有名な一件、

——土浦《つちうら》藩内の百姓娘とやが七歳で男の子を出産した。

というのはまったくのウソで、ニセ情報に過ぎなかったことを突きとめた人物として、鈴木桃野は知られている。

二人からの『伊達騒動記』に目を通した桃野は、

「これを表沙汰にすれば大事件になる。とやの化けの皮剝ぎとはちがう。なかったことにしよう」

と判断。幕閣へ提出することもなく、文庫の奥へ隠匿《いんとく》してしまった。

一方、ひそかに南町奉行根岸肥前守《ねぎしひぜんのかみ》へ連絡。

「わかった、善処しよう」

と答えた根岸は、口さきだけに終わり、何の行動もしないで、幕。

◇――――◇

深秋の月冴えた夜。

柳島村《やなぎしま》の一軒家「雨月庵《うげつあん》」の囲炉裏ばたでは、三人の男が飲んでいた。『伊達騒動記』配布の共謀犯三人で、内訳《うちわけ》は、
資料提供――酒井家追放の史学者・宮舘文左衛門《みやだてぶんざえもん》、小梅で寺小屋経営。

版木彫り《はんぎほ》――押上村《おしあげ》の細工師清内《せいない》、もと東海の藩士、大黒屋満寿美砒素毒殺事件の究明協力者。

執筆者――もと町奉行所役人・勝又又四郎《かつまたまたしろう》こと雨月蓬野《ほうや》。

酔いきれない又四郎、苦笑していうには、

「根岸さん（肥前守）は口にしなかったがね、清内さん苦心の版木を焼いちまったこと、

いかにも残念だと言いたげだったよ……。ま、一冊でも後世に伝わってくれりゃあ、もって冥すべしといってよかろうが……、所詮は茶番にしかなるまいて……、われわれのやったことは、場ちがいだからな……」

下蕨《したわらび》もえし煙の

1

「ン？　あの女は……」

浅草雷門《かみなりもん》前を通りすぎ、隅田川にかかる吾妻橋《あづまばし》を渡ろうとして橋の袂へさしかかった浪人風体の雨月蓬野《うげつほうや》は、編笠をかしげながら立ちどまった。

葉ざくらの時候、うす曇りの夕方のことである。

橋の西たもとには、グループをつくっている女の物乞《ものご》いが坐って、往来の人々に頭をさげていた。吉原遊郭《よしわら》への通り道にあたっているせいもあって、貰いの多い場所である。

時々、男の物乞いも見かけるが、長つづきしない。すぐ他所へ移ってしまう。縄張りがあってボイコットされるわけではなく、女の中に入りこむ男の貰いが極端に少ないためで、最大の理由は江戸人口の平均男女比「男二・女一」にある。

というわけで、吾妻橋西たもとは女の占有地になっていたが、住居の関係からめったに吾妻橋を通ることもない彼が足をとめたのは、物乞いの中に異色の女を認めたからであった。

三十前後の女で、七人いる物乞いの向かって左端に坐っていた。目鼻だちのととのった丸顔、色白で、品が備わり、伏目の奥に暗澹《あんたん》とした影が沈んでいる。絣《かすり》木綿の小袖も色あせて、つぎはぎだらけ、長手ぬぐいをひっかけた髪は玉結びで、仲間とおなじ物乞い姿であるが、通有の不潔さが感じられない。

仲間に入ってまだ日が浅いのか？

その女の坐り方をよく見なおして、彼は興味と好奇心が倍加した。

七人の中には足の悪い者もいて、坐り方もさまざま、共通しているのは、だらしなく坐っていることとだった、が、彼女だけはうつむき加減の安定した姿勢できちっと正座しているのが、きわだった特徴である。

見当がついた。

（相当に茶ノ湯の修業をつんだ女だ。とすると、武家の出……、それも、下ッ端のサンピンではあるまい……？）

と彼は見た。

江戸のはじめ頃まで、あぐらが正座であった。男は両あぐら、女は片膝立ての片あぐらで、平安の昔の十二単《ひとえ》などもあぐら用の服装であるが、茶ノ湯が普及すると、狭い茶室にあぐらでは大勢坐ることができないため、膝を折る屈膝《くっしつ》座法がうまれ、次第に作法化して、とうとうあぐら、正座に取って替わった。影響をもろに受けたのが武家である。

だが、長時間の屈膝座法をつづけるには、茶禅一味といわれるくらいの鍛え方が必要だという。

(訊いても、事情は明かすまいが……)

と予想しながら彼は女たちの前に歩みよった。

いきなり問いかけるようなことはしない。財布を取りだすと、新貨の寛永当四銭《かんえいとうせん》(四文《もん》の真鍮銭《しんちゅうせん》)を一個ずつ右端の女から順ぐりにめぐんだ。

——お有難うございます。

と言って彼女らは頭をさげたが、さいごのその女は無言で手をついた。

(ン?)

その手に彼は不審の目をむけた。手の甲に女は布切れをかぶせていた。隠しているのがわかった。

「いつから、ここに?」

「はい……」

と小声で返事した。案の定、あとの答えがない。面を伏せたまま沈黙している。

「旦那さん……」

右端から二人目の女が彼に声をかけた。

——私に訊いてくれ。

と目顔で言っていた。おたねババとよばれて、グループの頭分《かしら》である。彼はおたねの前へ戻ってしゃがみこんだ。

「おそのさんは三年の上にもなるんですよ」

「ほう……」

「きのうきょうじゃないけど、立派な人でねぇ……、でもねぇ……」

おたねはぼそぼそとしゃべった。右端に坐っているおきみ姐《ねえ》さんとよばれる四十女も口をはさんだ。

苑江《そのえ》といって、仲間はおそのさんと呼んでいるが、過去については話したことがない。怪我が原因で右手の指が不自由になってしまい、

——裁縫が思うように出来ないものですから、仕立物の仕事をくださる人もなくなりまして……。

と言ったことはあるが、怪我のいきさつについても語ろうとはしない。

わかっているのは、前歴が武家方の女で、西国の出身らしいこと、江戸に身寄りはないらしいこと、旭稲荷《あさひいなり》で知られる入谷《いりや》の街はずれにある某家の屋根裏部屋を貸しあたえられて、そこから吾妻橋へかよってくること……、そんな程度であった。

「いい人でねぇ、親切で、なさけ深くて……、おもらいがうんとあるときなんか、なかった者《もん》に分けたりするんですよ、おそのさんは……」

とおきみは言った。

「ほかのことは何もわからんけど、オレも根掘り葉掘り訊いたことないし……。身だしなみもいいし、あんだけきれいなんだからね、本人がその気になりさえすりゃ、手の指ぐらいちょっと悪くたって、いくらだって、いい旦那のお囲い者にもなれるはずなんだけどねえ」

「ほんとですよ、旦那、オレがおそのさんならね、おこもの仲間になんか入りゃしませんよ」

「なるほど……。いや、いろいろ教えてくれて有難う……」

(要は人生観の問題だ。苑江にとって、義は命より重いということか?)

と彼は胸中でつぶやいた。

「変わったお人ですねぇ、旦那も……」

と言うおきみの目に好奇心が動いている。

「うん、自分でも変わり者だと思ってるよ。女房どのにも放りだされるような男さ……」

「へぇっ、じゃあ、お一人?」

「四十づらさげてな」

「旦那のご商売って……？」

「こいつはとんだ吟味だ……、なに、吹聴《ふいちょう》するほどの商売じゃないんだ。また、のぞいてみるよ」

答えるかわりに彼は苦笑しながら起ちあがった、その時、

「や、勝叉《かつまた》さんじゃありませんか、お久しぶりです……」

と声がかかって、三人づれの男が近づいてきた。帯のうしろに朱房十手をさした町奉行所役人と小者《こもの》（岡っ引）・子分（下っ引）の三人であった。

「ほう、若林《わかばやし》か……、久しぶりだな……」

町廻り同心の若林正二郎《しょうじろう》で、彼よりひと回りほど若く、肩書きが本勤増人《ぞうにん》なので、十二階級ある同心の下から四番目。全力投球の仕事が生き甲斐といった年代の一人である。

小者と子分もぴょこりと彼に挨拶した。

「何かあったんですか、勝叉さん……」

探るような目つきで若林は彼と女たちを見くらべた。

「ン、いや、べつに、まぁな……」

余計なことを訊かないでくれといいたげな彼の様子に、

「あ、そうだ、雨月蓬野《うげつほうや》先生と呼ばなくちゃいけねぇんだ。つい、昔のつもりで……、どうも、失礼しました」

と言いなおした。

「どっちだってかまわんよ」

と苦笑いする先生。

勝又又四郎《またしろう》、もと町奉行所同心で上から六番目の物書役格《かく》、六年前、別れた妻の弟に勝又家を譲りわたして役人ぐらしと縁を切り、江東の柳島《やなぎしま》村に隠棲して、現在、黄表紙《きびょうし》作者・雨月蓬野。（黄表紙は教訓小説・仇討小説の類で、代表的な作者に「里見八犬伝」の滝沢馬琴がいる。この年、馬琴はまだ二歳である）

変わり者のもと先輩に対するお世辞半分もあるとみえて、

「この者らの身の上調査……、いや、話の材料《たね》の研究をされておったところでしたか……、そうでしたか……」

と独りぎめした若林の口ぶりに、苦笑再度の蓬野、

「ム、ま、そんなところだよ」

「ひとつ、大江戸をウーンと唸らす傑作を書かれてください」

「そのつもりではいるんだがね、思うようにはいかんよ。気がむいた時には、おれのあば

ら家ものぞいてみてくれ」

「はぁ、伺いたいと思います……」

つかのまの立ち話で別れ、橋を渡って行く蓬野のうしろ姿を、女たちはささやき交しながら見送っていた。

2

用事で日本橋へ出むいた彼が、帰路、吾妻橋へ遠まわりしたのは、四日後の晴れた午さがりである。

おなじ顔ぶれの七人がそれぞれ同じ場所を占めていたが、近づくと、いち早く気がついたおきみが、

「雨月の旦那だよ」

と言い、七人ともいっせいにおじぎした。

「おれの名を覚えていたのかい」

「忘れやしませんよう。旦那みたいに口をきいてくれるなんて、めずらしいことだからねえ」

「そういや、そうかも知れんな……」

「旦那のことは、次の日にようくわかったんですよ」

「そうかい……」

彼はうなずいた。だれに聞いたのかとは反問しない。

若林正二郎との会話がきっかけになったものだろう。女たちが手分けすれば、雨月蓬野こと勝叉又四郎の身上《しんじょう》について、八丁堀の関係者から聞きだすぐらいはたやすいはずである。

「おそのさんは無理ですよ、長いつきあいの仲間にだって、むかしのことは言わないんですからね」

「ついでがあったんで、きょうものぞいてみたのさ……」

「旦那、ちょいとお耳を……」

「ン……？」

「隠さなくたっていいんですよ。おそのさんのこと、くわしく知りたいのが目的《めあて》なんでしょう？　顔にちゃーんと書いてありますよねぇ……」

「そりゃま、出来ればのことなんだが……」

「協力してあげるつもりでいるんですよ、オレも、みんなも……」

「そうかい……」

おきみの耳打ちがつづく。

ぽつり、ぽつり……と近づいて銭をめぐむ通行人は、蓬野とおきみのひそひそ話を振返りながら去っていく。

「おそのさん、脈がありますよ。旦那のことしゃべってたら、じいっときき耳たててましたからねぇ」

「フーン、そうかい。いろいろ有難う……」

財布を取り出すと、前回同様、四文銭を一個ずつ置いた。

さいごにきて、苑江は予期しない反応を見せた。

「有難う存じまする」

手をつきながらつぶやくように言い、面をあげて、彼の顔をゆっくり仰いだ。はじめて視線が会った。ハッとするほどきれいな目である、といってよかった、が、彼の受けた印象は、

(こんなさびしい目もあるか!!)

であった。見交したのもつかのまで、苑江は頭をさげなおし、彼は無言のまま向きを変えて歩きだした。

そうして、季節の雲が流れ去った。

春から夏へ……。いつか夏もうしろ姿を見せていた。

約五カ月のあいだに十数回、雨月蓬野は吾妻橋を渡り、路傍の女たちに接した。

すっかり馴染みのあいだ柄となったものの、彼のほうから苑江に問いかけたことはなかったし、苑江も挨拶以外の言葉を口にすることがなく、従って、身の上については不明のままであった。

一部仲間の顔ぶれが変わり、一人ふえて八人になったばかりのその日、

「旦那のご熱心ぶりには感心しますけどね、おそのさんの頑固ぶりもたいしたもんですよね」

とおきみに耳打ちされた彼が、

「まだ半年もたってないんだからな、まぁ、三年もするうちには明かすだろうよ」

と気の長い答え方をして、いつもとおなじ四文銭を一個ずつ置いた時、予期しないことがおこった。

苑江が小さく折りたたんだ紙を左掌にのせてそっと差し出したのである。

(む……!?)

反射的にそれを摑んだ蓬野は、気がついた仲間はいないようだと思いながら、黙ってそ

の場をはなれた。

吾妻橋を渡ってから川沿いの路上で披《ひら》いてみた。歌が一首、素直な筆蹟で認《したた》められている。

あざむきしことの葉草の逆《さか》かぜに　露のこの身の置きどころなし

文字を通して苑江の嘆き声がきこえてきた。

想像が完全にはずれたようでもあり、当たっていたようでもある。

「ひょっとして、仇《かたき》持つ身が、大望のために身をやつしているかとも思ったりしたが、やはり、あの目は、黄表紙の世界じゃなかったんだな……。おれの目もまだまだ程度が低いわい……」

吐きだす口調のひとりごと。

3

突然、苑江の過去——前歴・素姓が明らかにされたのは、ひと月ほど過ぎて、夜来の秋雨が朝のうちに降りやみ、青空がひろがった午さがりのことである。

「ン……？」

身なりのいい通りがかりの中年武士が、うつむいている彼女にふと目をとめて、首をかしげながら近づくと、ためつすがめつするような目つきでしげしげとのぞきこみ、アッと顔いろを変えた。

釘づけののち、武士は呼びかけた。

「苑江」

「え？……」

武士を見た彼女も凍《こお》りついたように視線が硬ばった。

「おお、やはり、まぎれもないわ……。おれだ、わしだ、海道安右衛門《かいどうやすえもん》を、よもや、忘れはいたすまいな……」

「……」

面を伏せた苑江は、無言で、弱々しいうなずき方をした。

「かようなところでめぐり逢うとは……、許してくれ、苑江……、お前が、いや、そなたがかような姿になっていようとは……。かえすがえすもわしの不明だ。このとおり、詫《わ》びるぞ、苑江……、どうか、このおれを許してもらいたい、許してくれ……」

膝を折って地べたに手をついた武士の頬を涙が伝った。

海道安右衛門——備前《びぜん》岡山藩三十一万五千二百石、池田家の家臣で六百五十石・馬廻り・物頭《ものがしら》（中隊長格）。

五年前のこと。

主君の参勤に従って出府した安右衛門は、深い仲になった町芸者おかくを、下女兼メカケ、俗にいうおさすりに契約して、国もとへつれ戻った。

妻苑江は文句を言わずにおかくを受け入れたが、おかくのほうは夫婦のあいだに子がないことにつけこんで正妻の座になおるべく画策をめぐらし、

——旦那さまの留守をいいことに、奥さまは間オトコをお持ちになり、いまもこっそり乳くりあっておいでになります。このわたしに嫉妬《しっと》しないのも、情夫《いろ》をお持ちだからですよ。

とウソ八百。

おかくの色気と手練手管に鼻毛を抜かれていた安右衛門は、何の証拠もないのに誣告《ぶこく》を真に受けて、調べることもせず、頭から問答無用、

——ふとどきな売女《ばいた》め、命だけは見逃してやる、離《さ》れっ、

手ひどく打ちすえたあげく、苑江を追い出してしまった。

泣く泣く姿を消した苑江は、同藩の実家へも戻らず、それっきり行方不明となった。

ところが、おかくは半年もしないうちに出入りの若い植木職人と通じ、有り金さらって

ドローン……、これまた行方知れず。

……シマッタァ、苑江の密通もウソだったか……。

煮え湯をのまされて、はじめて悔いた安右衛門は後悔さきに立たず、怏々《おう》として楽しまず、行方をたずねるあても手がかりもない妻を思いだしていたが、ふたたび出府して、はからずも、路傍に坐る苑江に再会したのである。

「そなたに男があったならば、かような境遇に落ちるはずもない。あのウソつきの性悪《しょうわる》オンナめを信じこんでだまされたわしがバカだったのだ……。何もいわぬ、苑江、戻ってくれ……」

涙とともに詫びをくり返し、懇願する海道安右衛門を、仲間の女たちはあっけにとられた目で見ていた、が、やおら、おきみが腹に据えかねた調子で毒づいた。

「フン、いまさら、なに言ってんだい、勝手なサムライだよ。おそのさんのお針もできない手だって、濡《ぬ》れ衣《ぎぬ》着せたお前さんがヤキ入れたからじゃないのかよう」

「むう……」

安右衛門、図星をさされて、顔面が歪《ゆが》み、うめいた。そのとおり、苑江を大刀の峯で打ちすえた時、右指三本の骨を砕いたものであった。

「だめだよ、おきみ、そんなこと言っちゃ、ぶちこわしだ。むかしはむかし、水に流すのが利口というもんだよ。せっかく、旦那があらわれたんだ。こまかいことはわからんけど、詫びてるんだよ、旦那が……。おそのさんは奥さまに戻って、もとの鞘《さや》におさまるのがいいんだよ」

と頭分のおたねが乗りだしておきみをたしなめた。

「うるさい、他人のことに口をはさむな、黙っておれ」

威丈高に女たちを一喝する安右衛門に、蒼ざめている苑江は顔を伏せたままで、声は低いが、落ちついた口調で、はっきりと返事した。

「お話はよくわかりました。このような姿では、同道いたすわけにもまいりませぬゆえ、多少のお支度金をくだされば、身じまいをととのえまして、今宵四ツ（十時）に、東仲《ひがしなか》町二丁目、本願寺前のお茶屋十六夜《いざよい》にてお待ち申しまする」

安右衛門、躍りあがらんばかりによろこんだ。

「そうか、うん、そうか……、性悪のおかくに迷って、そなたに非道な仕打ちをしたわしを許してくれるか……、水に流してくれると言うんだな……、うーん、よかった、よかった……、一陽来復《いちようらいふく》とはこのことだ、江戸へ出てきた甲斐があったというものだ……。本願寺前の十六夜だな、今宵四ツ刻にかならずまいるぞ……」

「お待ち申しまする……」

もういちど苑江はつぶやくように言った。驚倒のショックも一過性でケリがついたものか？　やはり、すべてを水に流して、偶然の邂逅《かいこう》を素直に受け入れる心情になれたらしく、面を伏せたままの硬ばった表情もゆるみ、かすかな笑顔を見せている。

「よし、そうときまったならば、苑江、これでさっぱりと身なりをととのえてくれ。ではな……」

安右衛門は懐中の財布から取り出した金銀——文字《ぶんじ》一分金、十二枚で一両に通用する明和五匁銀——を取りまぜて、大枚三両ほどを苑江の膝もとに置くと、仲間の女たちにはジロリ……と眉をひそめた一瞥《べつ》を投げて、足早に橋の袂《たもと》をはなれていった。

鼻白んだ彼女らはうとましい目で安右衛門を見送りながら、耳打ちし合った。

「おそのさんには悪いけど、ホメられたもんじゃないねぇ」

「ブタだよ、あの男……」

ひそひそと苑江には聞かせないこきおろしであった、が——まもなく、苑江は目をうるませて言った。

「長いことお世話になりまして……、おかげさまできょうまで、こうして無事に……、もう、胸が一杯で……」

涙声がと切れ、袖ぐちを目に押し当てた。

「いいんだよ、おそのさん、言いたいことみんなわかるんだからよう……」

おきみが手を振ってさえぎると、おたねは頭分の貫禄で重々しくうながした。

「何年かぶりで天ノ河を渡ることになったんじゃないか、おそのさん、ほれ、仲店にでも行って、早いとこ、身なりをととのえるといいんだよ」

「そうだよう、おそのさん……」

ほかの者もうながした。

「はい……」

苑江は雷門のほうへ立ち去った。

雨月蓬野が現われたのは半刻（一時間）あまり過ぎた夕方で、ほぼ半月ぶりのことであった。

「おや……？」

「雨月の旦那、おそのさん、もとの亭主に見つけられましてねぇ」

「ほう……!?」

「もとの鞘に戻ることになったんですよ」

とおきみが伝え、かようしかじか……とひと通り説明した。

「そうだったかい……」

「旦那、がっかりなすったんでしょう?」

「いや、それは……、おそのさんの意志なら、いいことだよ、いいことだ……」

「じつはね、これ、旦那にって、おそのさんからあずかったんですよ。手紙らしいけど、中味は見てませんからね……」

ひと月前と同じように折りたたんだ紙である。彼は受け取るのもおそしと披《ひら》いた。こんども一首の歌が認《したた》められていた。

知る人もなき深山《みやま》木の下蕨《したわらび》 もゆとも誰か折りはやすべき
目を通した瞬間、彼は無言で叫んだ。

(シマッタ!!)

葉ざくら頃の、最初に苑江を見た日以来、ぽつんとはるかな灯がともり、ぼおっと明《あか》るんでいた瞼《まぶた》の裏が、音をたてて落ちたヨロイ戸にとざされ、まっ暗になってしまった。そんな思いにおそわれていた。

黄表紙を生業にするほどの蓬野である。歌に秘められた苑江の感情をたちどころに汲みとることが出来た。身ぶるいするような生々しさ、丸裸になった苑江の肉体の声がこめられている。

木や草の蔭に隠れて生えるのが下蕨で、江戸の風流語では「女の陰毛~女陰」を形容する。陰毛十相にわらび型（熊手《くまで》型・カール型）の区分けもある。

もゆは二つの意味で、萌ゆ・燃ゆ。

明らかに苑江は「下蕨もゆ」を両方にかけて詠《よ》んでいた。

もと亭主の海道安右衛門が出現して復縁を承諾してから、即席で詠んだものではむろんない。前回の一首を彼に贈ったあと、この歌を手渡すべく、彼を待っていたものにちがいない。

――熱い思いを抱いています。もえる下蕨を手折《たお》ってください。

という訴えは、以心伝心、苑江のほうも彼の心情を的確につかんでいたからにほかならない。

が、おわってしまった。

（運命だ、これも……、もう、どう仕様もないことだ……）

きのう吾妻橋へまわっておれば、と悔いてみても、繰言《くりごと》でしかない。

彼は紙をふところに納めた。

「雨月の旦那、死人みたいな顔いろですよ」

「う……」

「旦那ぁ、そうじゃないかと思ってたんだけど、やっぱり、おそのさんにホの字だったんですねぇ、そうでしょう?」

泣きたい思いがそのまま本音につながった。

「白状すりゃそういうことだよ、ひと目惚《ぼ》れっていうやつでな……」

「ザンネンだよう、オレだって……、悪いのは雨月の旦那だ」

おきみも見たことのない悲しげな表情になっている。

「まぁ、そう言うな、おわったことだ……、また、ときどき合力《ごうりき》にくるよ……」

習慣の四文銭一人一個、順に配った蓬野は、これも足早に橋を渡っていった。

数刻をへて、四ツの鐘がゴーン、ン……。

浅草界隈《かいわい》の賑《にぎわ》いも一部をのこしてとうに絶えてしまった刻限。

鐘音を待ちかねた足どりで、海道安右衛門は約束の十六夜をおとずれた。十六夜は出合茶屋で、男女の密会専用。

下女が二階の一室へ安右衛門を案内しながら、

「おつれさんはさきにお床入りしてるそうですよ」

とささやき声で伝えた。

とたん、下腹部が天を衝くばかりに猛りだした安右衛門、

(うん、やはり、夫婦だ。ふたたびめぐり逢って、おれのもとへ戻るからには、何はとも

あれ、まず、交合《まぐわい》するのが〃道〃というものだ。さすがは、非のうちどころがなかった苑江だけのことはある、よう心得ておるわい。あの時分は、あの性悪女に目がくらんでおったが、苑江の真ン処《こ》もなかなかの味だったからな……、久しぶりで、フフフフ)

一杯ひっかけたあとの生酔《なまよ》いのご機嫌である。

かっての苑江の暗さを好む習慣どおり、室内は灯りが消してあり、一ッ夜具の二ッ枕で、むこうむきに彼女は掛けものを深く引き上げていた。

「ただいま、それにまいるぞ」

「は、はい……」

蚊の鳴くような返事であった。ひと声かけた安右衛門、息はずませながら、そそくさ脱ぎすてると、

「久しぶりのことゆえ、つもる話は後まわしじゃ……」

身を添わせるなり、むかしと同様、一方的に欲望をとげる性急さで、新しい肌着一枚の苑江にのしかかると、下蕨の的に押しあてるやいなや、一気に猛りを突入させ、根もとまで送りこんだ。

つづいて、荒々しい出し入れに移ったが、

「むう……?」

安右衛門の記憶に残る苑江にくらべてひどく味気ない。ぬめり工合のとぼしさといい、ふくよかさの欠乏といい、弛《ゆる》み方といい、あらゆる点でぐっと味が落ちてしまっている。おまけに匂いもよくない。

「これ、苑江、ン？　むかしのお前とはちがうぞ……」

「そうですかねぇ」

「む……？」

「おそのさんじゃないよ、頼まれてね、身替わりになったのさ」

「ンげ……」

女はおきみであった。

「苑江さまにことづけ頼まれましたよ。ひょんなめぐりあわせで、恨みを晴らすことが出来ました。思いのこすことはもうありませんて、さ。おそのさん、みんなと別れてね、どっかへ消えちまったよ。二度と姿を見せないんだってさ……」

「お、おのれ……」

びっくり仰天、あわててはなれた安右衛門は茫然自失《ぼうぜんじしつ》。

「オレにへたなことすると、馴染みのお役人が踏みこんで、旦那ぁ、しょっ引かれるよ。様子をうかがってるんだから、おとなしくしたほうが身のためだぁね……」

「むむ……」

ウソが効いた。安右衛門、身うごきならず、怒りにふるえるばかり。

それを尻目に、おきみはさっさと出ていった。

4

中一日おいて、秋の日がとっぷりと暮れた宵の口。

柳島村の一隅、森や林の多い草深い一軒家にぽつんと灯影《ほかげ》が一つ。

独居する雨月蓬野の塒《ねぐら》で、作者名そのままのわびしい住居は、家というより草ぶき小屋といったほうが当たっている。

森閑とした虫のすだきがふと止んで、人の気配を知って戸口を見た彼の耳に、澄んだ女の声がとどいた。

「苑江でございます……」

「なに……!!」

蓬野はとびあがった。

寸刻後、うすい煙が天井裏の煤《すす》に吸いこまれる囲炉裏《いろり》ばたで、蓬野と苑江はしげしげと相手を見守っていた。

人に訊きながら苑江はたずねあてたのだという。姿は吾妻橋時代のままである。

「左様でしたか……。おきみ姐さんが狂言まわし……、いや、福ノ神になってくれたわけですなぁ……」

「はい……」

「まだ、信じられん思いだ」

「私もでございます……」

感激に胸迫り、言葉もない蓬野であったが、苑江がふところから三つ目の歌を認めた紙を差し出すにおよんで、思わず孤独の涙をためていた。

「おはずかしゅうございます……」

苑江も涙ぐんでつぶやき、囲炉裏をまわった彼がふくよかなその手首を握りしめたあとも、紅潮してうつむいた顔を上げようとしなかった。

今ははやこの深山木の下蕨　もえし煙の行くえはずかし　　苑江

翌日の夕闇迫る頃、又四郎が気がつかないうちに、苑江の姿は何の手がかりも置かずに消え去っていた。最後の一首が残されていた。

深山木の木山蔭の下蕨　もえし煙の影は残さじ

この作品集は、小社刊「小説ｎｏｎ」掲載作品を中心に、書下ろしを加えた、オリジナル作品集です。

一〇〇字書評

切り取り線

本書の購買動機（新聞名か雑誌名か、あるいは○をつけてください）

＿＿＿新聞の広告を見て	雑誌の広告を見て	書店で見かけて	知人のすすめで

住所	
なまえ	
年齢	
職業	

あなたにお願い

この本をお読みになって、どんな感想をお持ちでしょうか。右の「一〇〇字書評」を私までいただけたらありがたく存じます。今後の企画の参考にさせていただきます。

あなたの「一〇〇字書評」は新聞・雑誌などを通じて紹介させていただくことがあります。そして、その場合は、お礼として、特製図書カードを差しあげます。

右の原稿用紙に書評をお書きのうえ、このページを切りとり、左記へお送りください。電子メールでもけっこうです。

〒101‐8701　東京都千代田区神田神保町三―六―五
九段尚学ビル　祥伝社　☎（三二六五）二〇八〇
祥伝社文庫編集長　加藤　淳
bunko@shodensha.co.jp

祥伝社文庫

上質のエンターテインメントを！　珠玉のエスプリを！

祥伝社文庫は創刊15周年を迎える2000年を機に、ここに新たな宣言をいたします。いつの世にも変わらない価値観、つまり「豊かな心」「深い知恵」「大きな楽しみ」に満ちた作品を厳選し、次代を拓く書下ろし作品を大胆に起用し、読者の皆様の心に響く文庫を目指します。どうぞご意見、ご希望を編集部までお寄せくださるよう、お願いいたします。

2000年1月1日　　祥伝社文庫編集部

● NPN743

大江戸艶魔帖《おおえどえんまちよう》　時代小説

平成12年2月20日　初版第1刷発行

著　者　八剣浩太郎《やつるぎこうたろう》

発行者　村木博

発行所　祥伝社《しようでんしや》

東京都千代田区神田神保町3-6-5
九段尚学ビル　〒101-8701
☎ 03（3265）2081（販売）
☎ 03（3265）2080（編集）

印刷所　図書印刷

製本所　図書印刷

万一、落丁・乱丁がありました場合は、お取りかえします。　Printed in Japan

ISBN4-396-32743-9 C0193

祥伝社のホームページ・http://www.shodensha.co.jp/

西村 望
犯罪ドキュメンタリー・ノベル

悪行《あくぎょう》
蟻地獄《ありじごく》
外道《げどう》
毒牙《どくが》
鬼行《きこう》
猟色《りょうしょく》
悪食《あくじき》
性悪《しょうわる》
魔戯《まぎ》
崖《がけ》っぷち

犯罪ドキュメントの旗手が描く、男と女の
愛欲に溺れた挙句《あげく》の数々の悪行とは…
愛欲の虜《とりこ》となった男と女！
二度と脱出できない犯罪の蟻地獄…
一度、殺《や》ってみたかった…男と女、
愛欲の果てに芽生えたものは、殺意！
性の地獄に堕《お》ちた男たち…抱かれることを
拒《こば》んだ、だから俺は女を殺した！
身を焦《こ》がす灼熱の欲望
愛欲地獄に堕ちた男と女…
「女はやるかやらぬか、それだけだ」
美しい獲物を貪《むさぼ》り尽くす非道に堕ちた男たち！
男は飢《う》えていた。女は乾いていた…！
強姦犯たちの飽くなき欲望
官能的な女の肢体を前に、
男は熱く熱く燃え盛る…！
男の前には奈落、女の後ろには地獄…
色欲に取り憑《つ》かれた男と女の無間《むげん》の闇
どうしようもない男と女の業…美人局《つつもたせ》、脅迫、強姦…
刹那《せつな》の快楽に溺れた人々の犯罪模様とは？

八剣浩太郎

長編時代小説

大江戸逢《おう》魔《ま》帖

南町奉行所の要職を捨て黄表紙作家になった勝又又四郎《かつまたまたしろう》は、
実は奉行所・根岸肥前守の特命を受けた隠密である。

大江戸艶《えん》夜《や》帖

大名、旗本から髪結いの亭主、長屋の女房まで、江戸城下の
愛欲づくしの生態を、奔放かつ赤裸々に描く。

大江戸情炎帖

天保《てんぽう》の改革直前、老中水野忠邦《みずのただくに》は大奥に蠢《うごめ》く不逞《ふてい》の輩《やから》を
断罪するため、腹心の部下・比木《ひき》清十郎に特命を与えた。

大江戸閨《けい》花《か》帖

不老長寿が得られる!?千人の女との交接をめざす
〝千人供養〟に挑んだ人気役者。

大江戸仇《きゅう》刃《じん》帖 ――真相忠臣蔵

「もはや、この浅野は欺《だま》されぬぞ!」柳沢吉保《やなぎさわよしやす》と吉良上野介《きらこうずけのすけ》
二人の密約が討入りの悲劇を呼んだ…

祥伝社文庫